एच.जी. वेल्स
की
लोकप्रिय कहानियाँ

एच.जी. वेल्स
की
लोकप्रिय कहानियाँ

एच.जी. वेल्स

अनुवाद

अशोक गुप्ता

प्रकाशक
प्रभात प्रकाशन प्रा. लि.
4/19 आसफ अली रोड, नई दिल्ली–110002
फोन : 011–23289777 • हेल्पलाइन नं. : 7827007777
इ–मेल : prabhatbooks@gmail.com ❖ वेब ठिकाना : www.prabhatbooks.com

संस्करण
2023

पेपरबैक मूल्य
दो सौ पचास रुपए

मुद्रक
नरुला प्रिंटर्स, दिल्ली

★

H.G. WELLS KI LOKPRIYA KAHANIYAN
Published by **PRABHAT PRAKASHAN PVT. LTD.**
4/19 Asaf Ali Road, New Delhi-110002
ISBN 978-93-86231-09-3

₹ 250.00 (PB)

अनुवादकीय

हरबर्ट जॉर्ज वेल्स, जो कि एच.जी. वेल्स के नाम से ज्यादा जाने गए। लंदन के एक मध्यवर्गीय परिवार में 21 सितंबर, 1866 को जनमे और अपनी उम्र के करीब अस्सी वर्ष जीते हुए उन्होंने एक विज्ञान कथाकार के रूप में अपनी ख्याति स्थापित कर ली। अपनी विधा में महारत हासिल करते हुए उन्होंने कहानी और उपन्यास दोनों ही क्षेत्रों में दुनिया भर के पाठकों को मंत्रमुग्ध करके रखा। उनका उपन्यास 'टाइम मशीन' ऐसी वैज्ञानिक परिकल्पना की मिसाल है, जिसने आज भी अपनी चमक खोई नहीं है, जबकि यह उपन्यास एच.जी. वेल्स ने सन् 1895 में लिखा था। बाद में इस उपन्यास पर फिल्म भी बनी। कहा जाता है कि वेल्स की तुनक मिजाजी और गहरे आत्मस्वाभिमान बोध के चलते यह कृति नोबेल पुरस्कार से वंचित रह गई। खैर, यह तो अब सिर्फ चर्चा भर विषय भी नहीं रहा।

एच.जी. वेल्स को अकसर विज्ञान कथा-लेखन के संदर्भ में फ्रेंच लेखक जूल्स वर्न के साथ याद किया जाता है। जूल्स वर्न 1828 में जनमे और उनका जीवनकाल सन् 1905 तक रहा। कुल सोलह कहानियाँ बताई जाती हैं, जो उन्होंने अपनी युवावस्था में लिखीं। निश्चित रूप से उनकी विज्ञान कथाएँ उनकी भविष्यगामी कल्पनाशीलता की अद्भुत मिसाल हैं। तकनीकी अनुसंधानों का यात्रा-वृत्तांतों के माध्यम से किया

गया पूर्वावलोकन अलौकिक प्रतिभा का उदाहरण ही कहा जाएगा। लेकिन एच.जी. वेल्स की कहानियों के वैविध्य और विस्तार ने अपने अग्रज की परिपाटी से सार्थक ग्रहण करते हुए जो आयाम स्थापित किए वह अपने पाठकों को किसी नए संसार की ओर ले जाने के उद्यम हैं। इस नाते मैं यह कहना चाहूँगा कि विज्ञान-कथाओं के समूचे विस्तार और वैविध्य को पूरी रोचकता से पाने के लिए जूल्स वर्न और एच.जी. वेल्स दोनों को साथ-साथ पढ़ना कहीं अधिक रोमांचक भी है और ज्ञानवर्धक भी। इन दोनों ही कथाकारों के साथ जुड़े हुए विज्ञान कथाकार विशेषण ने इनके रचनाकार कद को कमतर किया है, जबकि इनके कथा-सृजन में मानविकता सूक्ष्म और समांतर धारा की तरह चलती है और इसीलिए इनकी रचनाएँ साहित्य की मुख्यधारा में भी स्थापित हैं।

एच.जी. वेल्स का कथाकार तो इस दृष्टि से और भी व्यापक पहचान की माँग करता है। एच.जी. वेल्स की कुल कहानियों को पढ़ने का अवसर मिला और मैं वेल्स के कथा क्षितिज के आयाम से और अधिक परिचित हो पाया। यह मानने में मुझे कोई संकोच नहीं है कि इंजीनियरिंग और विज्ञान के छात्र होने के कारण मैंने एच.जी. वेल्स की अधिकांशतः विज्ञान-कथाएँ ही पढ़ीं। 'टाइम मशीन' मैंने वर्ष 1963 में पढ़ी, उसी दौरान फिल्म भी देखी। जबकि वेल्स की दूसरी वैचारिक रचनात्मक दिशा का पता मुझे अभी ही लगा।

विज्ञान और टेक्नोलॉजी से संबंधित कहानियों के अतिरिक्त एच.जी. वेल्स के पास अन्य इतर संदर्भ की कहानियाँ भी हैं, जो अपनी छाप छोड़ती हैं। विश्व कथा साहित्य में हॉरर यानी भयोत्पादक कहानियों का अपना स्थान है और वेल्स ने हॉरर कहानियाँ भी लिखी हैं। फेंटेसी अर्थात् अ-यथार्थ, कल्पनाशीलता पर केंद्रित कहानियों पर भी वेल्स ने कलम चलाई है और सबसे ज्यादा अचंभित करनेवाला कथा संदर्भ, जिसमें एच.जी. वेल्स की मौजूदगी देखी जा सकती है, वे हैं नीति

कथाएँ। ईश्वर और ईश्वरीय सत्ता की अवधारणा एच.जी. वेल्स के कथाकार में जिस चेतना से बुनी हुई है, वह केवल इन्हीं कहानियों में देखी जा सकती है और यह बात शायद बहुत से पाठकों को अचंभित करेगी कि उनका विज्ञान कथाकार, इन कुछ विषयों पर भी अपना अधिकार रखता है और इन्हें अपनी कहानियों में बुनकर उतना ही रोमांचित कर सकता है, जितना विज्ञान–कथाओं के जरिए करने के लिए जाना जाता है।

एच.जी. वेल्स की अधिकांश कहानियाँ, लंबी कहानियाँ हैं। पृष्ठ संख्या की सीमा के चलते इस संकलन में मैंने कुल आठ कहानियाँ चुनी हैं। इसका उपयोग करते हुए इस संग्रह में चार कहानियाँ तो विज्ञान और टेक्नालॉजी से संबंधित हैं और शेष चार कहानियाँ, हॉरर, फेंटेसी और नीति–कथाओं जैसे विषयों को छूती हैं, ताकि पाठक एच.जी. वेल्स के इस अपेक्षाकृत कम विज्ञापित कौशल से भी परिचित हो सकें।

एच.जी. वेल्स की कुल छब्बीस कहानियाँ बताई जाती है, जिसमें से अभी आठ आपके सामने हैं। इन्हें देखें और बताएँ कि इन्होंने आपको कथा के रस से कितना संपन्न किया और इनके माध्यम से आप एच.जी. वेल्स को कितना जान पाए। अनुवादक के रूप में मैंने यहाँ इन दोनों उद्देश्यों को पूरा करने का प्रयास किया है।

—अशोक गुप्ता

अनुक्रम

और तेज भागने का नुस्खा…

एच.जी. वेल्स की यह कहानी 'द न्यू एक्सेलेरेटर' शीर्षक से दिसंबर 1901 में 'द स्ट्रैंड मैग्जीन' नामक पत्रिका में छपी और इतनी पसंद की गई कि फिर इसे कई संग्रहों में लिया गया। कथा–साहित्य में वैज्ञानिक के भविष्यदृष्टा होने की कल्पना को साकार करना, बस इन्हीं के बस का काम था।

अगर यह खबर सामने आए कि कोई आदमी खोज तो रहा था पिन, लेकिन मिल गया उसे हाथी तो निस्संदेह वह आदमी प्रोफेसर गिब्बर्न होगा। मैंने यह खूब सुना है कि किसी का तीर निशाने से एकदम बाहर चला गया, लेकिन किसी ने यह करिश्मा उस हद तक नहीं दिखाया, जितना दिखाने की काबिलीयत हमारे इन महाशय को है। एक दम सौ टका सच और बिना किसी बढ़ा–चढ़ाकर कही गई बात की तरह। इस बार तो इन्होंने वह नायाब चीज हासिल कर ली है, जो इनसान की जिंदगी को एकदम बदल देने की ताकत रखती है। ऐसा तब हुआ, जब हमारे यह प्रोफेसर गिब्बर्न बस किसी ऐसी दवाई की खोज में लगे हुए थे, जो एक सुस्त और ढीले–पोले आदमी को चुस्त मुस्तैद बना दे और वह आदमी अपने थका देनेवाले तनावों से दूर होकर अपने काम पर फुरती से चल निकले। मैं अब तक यह दवा कई बार चख चुका हूँ। वह दवा इतनी असरदार है कि मैं बस उस अनुभव का ब्योरा आपको दे

सकता हूँ। वह अनुभव चमत्कारी है और उस लक्ष्य से कहीं आगे ले जाता है, जिसे पाने के लिए कोई इस दवा का प्रयोग कर सकता है।

जैसा कि सभी लोग जानते हैं, प्रोफेसर गिब्बर्न फोकस्टोन में मेरे पड़ोसी हैं। इस मामले में मेरी याददाश्त एक दम दुरुस्त है कि सन् 1899 के साल में प्रोफेसर की तसवीर 'द स्ट्रैंड मैग्जीन' में कई बार छपी है। खेद है कि मेरे वह अंक मुझसे कोई माँगकर ले गया और फिर वह मेरे पास वापस नहीं लौटे। पाठकगण उस चेहरे हो याद कर सकते हैं···ऊँचे माथे पर काली पतली भौंहें, जो देखने में भद्देपन का एहसास देती हैं। अपर सैंडगेट रोड के पश्चिमी छोर पर उनका घर, उन मकानों के बीच है, जो बेतरतीब और अलग-थलग बने हुए हैं। उनके मकान की तिकोनी नुकीली छत और बियाबान सा दिखता पोर्टिको एक नीची छतवाले एक कमरे में खुलता है, जहाँ एक खिड़की के नीचे प्रोफेसर बैठते हैं और मैंने न जाने कितनी शामें धुआँ उड़ाते हुए और गप्प मारते हुए बिताई हैं। प्रोफेसर गिब्बर्न के बेहद खुशमिजाज इनसान हैं और साथ ही वह मुझसे अपनी नई खोज के बारे में भी खुलकर बातचीत कर लेते हैं। इसी वजह से मैं उस नए नुस्खे के बारे में शुरू से जानता आया हूँ और मेरे सामने उसकी रचना और गुण बहुत स्पष्ट हो गए हैं। हालाँकि इस विशेष खोज का ज्यादातर काम फोकस्टोन में न होकर गोवेर स्ट्रीट की बड़ी प्रयोगशाला में हुआ है, जोकि अस्पताल के पास है और जहाँ उसका परीक्षण सबसे पहले किया गया।

जैसा कि सभी प्रबुद्ध लोग जानते हैं, शरीर विज्ञान के विद्वानों के बीच वैज्ञानिक प्रोफेसर गिब्बर्न की ख्याति उनकी उन रासायनिक औषधियों की रचना के कारण है, जो मनुष्य के स्नायुतंत्र पर नियंत्रण कर सकती हैं। मुझे बताया गया है कि सुरक्षापूर्वक नींद लानेवाली, मूर्च्छाकारक और ऑपरेशन के पहले सुन्न करनेवाली दवाओं के आविष्कार के क्षेत्र में उनका जवाब नहीं है। रसायनशास्त्री के रूप में भी उनका बड़ा नाम

है। शरीर की संवेदी गाँठों के जटिल ज्ञान के क्षेत्र में तथा विभिन्न केंद्रीय तंतुओं के बारे में भी प्रोफेसर गिब्बर्न का बहुत सा काम है, जिसका पूरा खुलासा किया जाना अभी तब तक बाकी है। जैसा कि ठीक भी है, जब तक इनका काम प्रकाशित नहीं हो जाता, तब तक उनका ब्योरा किसी की भी पहुँच से बाहर ही रहता है। हाल के कुछ बरसों से प्रोफेसर गिब्बर्न स्नायु तंत्र को अधिकतम सीमा तक सक्रिय कर सकने के प्रति बहुत सजग हो गए हैं। इस नए रसायन की खोज उनकी इसी कोशिश का नतीजा है, जो बहुत सफल माना जा रहा है। चिकित्सा विज्ञान के क्षेत्र में प्रोफेसर गिब्बर्न का नाम उन प्रथम तीन वैज्ञानिकों की श्रेणी में गिना जाने लगा है, जिनकी खोज ने मनुष्य की क्षमता बढ़ाने के क्षेत्र में बहुमूल्य काम किया है। मनुष्य को थकान से मुक्ति दिलाने के नायब करिश्मे के रूप में उनके गिब्बर्न बी द्रव का नाम लिया जाता है, जिसने उससे भी ज्यादा लोगों को जीवनदान दिया है, जितना समुद्र के किनारे लाइफ बोट ने भी नहीं दिया होगा।

इस ख्याति के बावजूद प्रोफेसर गिब्बर्न संतुष्ट नहीं थे। ऐसा उन्होंने मुझसे करीब साल भर पहले जाहिर किया था। अपनी अब तक की दवाइयों के बारे में उनका कहना था कि वह या तो बिना स्नायु तंत्र को नुकसान पहुँचाए केंद्रीय ऊर्जा को बढ़ा देती हैं या स्नायु तंत्रों द्वारा पैदा की जा रही रुकावट को कम करके ऊर्जा अधिक असरदार बना देती हैं। यह कोई बड़ी बात नहीं है। कोई दवाई केवल हृदय की गति पर असर दिखाती है और मष्तिष्क (दिमाग) अछूता रह जाता है, कोई दवा दिमाग पर असर दिखाती है, लेकिन समूचे ऊर्जा तंत्र पर उसका कोई असर नहीं पड़ता। मैं यह चाहता हूँ कि कोई दवा समूचे ऊर्जा तंत्र को एक साथ कई गुना बढ़ा दे। उसका प्रभाव सिर से पैर तक हो। अरे मैं तो ऐसे जादुई असर को हासिल करने के पीछे पागल हूँ।

"वह तो फिर बाद में मनुष्य को थकाकर रख देगा।" मैंने शंका रखी।

''जरूर, ऐसा होगा। लेकिन तब मनुष्य उसी हिसाब से खाएगा और उसका कुछ मतलब होगा।''

''जरा कल्पना करो…'' उन्होंने अपने नए नुस्खे की दवा की छोटी सी शीशी को हाथ में उठाकर कहा, ''इस दवा की एक खुराक, इनसान को सोचने की दोगुनी ताकत देगी, साथ ही काम करने की भी दोगुनी ताकत देगी।''

''क्या यह संभव है?'' मैंने अपना संशय रखा।

''मैं तो ऐसा ही मानता हूँ। अगर यह सच नहीं है, तब तो समझो मेरी एक साल की मेहनत बेकार गई। फास्फोरस के अलग-अलग यौगिकों से बना यह नया रसायन ऐसा ही कारनामा दिखाएगा। अगर यह डेढ़ गुना असर भी दिखा सका, तब भी यह संतोषजनक है।''

''बिल्कुल ठीक, डेढ़ गुना भी कम चमत्कारी नतीजा नहीं है।''

''सोचा!'' प्रोफेसर ने बात आगे बढ़ाई, ''तुम एक राजनायक हो। तुम्हें कुछ बहुत काम जल्दी पूरा कर लेना है। समय नहीं है।''

''तो वह यह दवा अपनी प्राइवेट सेक्रेटरी को दे सकता है।'' मैंने जोश में आकर कहा।

''इसका दोगुना फायदा होगा। या मान लो तुम्हें कोई किताब बहुत जल्दी पूरी पढ़ डालनी है।'' प्रोफेसर ने कहा।

मैंने उसकी बात हताशा से काटी, ''ओह तब तो मैं अकसर उसे शुरू भी नहीं करता हूँ।''

प्रोफेसर अपनी रौ में था, उसका बोलना जारी रहा, ''मान लो, किसी डॉक्टर को अपने मरणासन्न मरीज की जान बचाने के लिए एकाग्रचित्त होकर उपाय सोचना है, एक बैरिस्टर को या एक-एक ऐसे व्यक्ति को, जो परीक्षा से पहले अपना पाठ याद करने में जुटा है…''

''बस, इस नुस्खे की कुछ बूँदें ही काफी हैं।'' मैंने बात पूरी की।

आगे प्रोफेसर ने कहा, ''बस सब इस पर निर्भर करता है कि आप

इस दवा को लेने में कितनी जल्दी दिखाते हैं।''

''देखो'' प्रोफेसर गिब्बर्न ने कहा, ''अगर किसी को पूरी तरह दोगुनी रफ्तार का असर बिना किसी नुकसान के मिल जाए तो क्या बुरा है···बस एक बात है कि उस हालत में आदमी उतने ही समय में दोगुना जी लेने के कारण बुढ़ापे की ओर जल्दी बढ़ेगा। आखिर आदमी इस बीच दोगुना जी भी तो लेगा।''

''क्या यह ठीक होगा?'' मैंने सवाल रखा।

''बस, आदमी की सोच पर निर्भर करता है।'' प्रोफेसर गिब्बर्न ने जरा ठहरकर जवाब दिया।

मैंने फिर अपना आग्रह सामने रखा, ''क्या आपको लगता है कि ऐसा संभव है?''

''बिल्कुल संभव है।'' गिब्बर्न ने जवाब दिया।

बात कहकर प्रोफेसर जरा ठहरे और फिर मुसकराते हुए उन्होंने दवा की हरी शीशी हाथ में थामते हुए मेज पर थपकी दी, फिर बोले, ''मेरा अंदाज है कि मैं अपनी खोज के बारे में अच्छी तरह से जानता हूँ। इसका काफी कुछ अनुभव मैं पा चुका हूँ।'' प्रोफेसर गिब्बर्न के चेहरे पर बात कहे जाने के साथ-साथ घबराहट की एक हल्की झलक भी थीं, जो यह बता रही थी कि खुद अपने मन में वह पूरी तरह आश्वस्त नहीं हैं। वैसे भी उनकी आदत है कि वह अपने परिणामों के बारे में बहुत बड़बोलेपन से तब तक नहीं-नहीं कहते, जब तक वह अंतिम निष्कर्ष तक न पहुँच जाएँ।

''···और ऐसा भी हो सकता है कि इसका असर दोगुने से कहीं ज्यादा देखा जाए। उस स्थिति में भी मुझे बहुत हैरत नहीं होगी।'' प्रोफेसर गिब्बर्न ने बात पूरी कह ही दी।

''तब तो यह बहुत बड़ी बात होगी।'' मैंने कहा।

''जरूर, बड़ी बात होगी।'' प्रोफेसर ने भी मेरी बात का समर्थन किया।

इसके बावजूद मुझे नहीं लगा कि प्रोफेसर गिब्बर्न इस दावे के प्रति पूरी तरह से आश्वस्त हैं।

मुझे खूब याद है कि हमारे बीच इस नुस्खे को लेकर कई बार लगातार बातचीत हुई थी। वह उसे रफ्तार बढ़ाने का नया नुस्खा कहते थे और हर बार बात करते समय उनके शब्दों में पहले से ज्यादा आत्मविश्वास झलकता था। कभी-कभी उनके मन में यह संदेह भी उपजता था कि वह नुस्खा कहीं शरीर के ऊपर अजीबोगरीब प्रभाव न दिखाए। यह कहते हुए वह थोड़ा परेशान भी हो जाते थे। उसके साथ ही उनके मन में इस नुस्खे को लेकर बड़ी कमाई का भाव भी था। हम अकसर इस बारे में भी बात करते थे कि कैसे यह नुस्खा बाजार में अपनी कामयाबी दर्ज कर पाएगा।

''यह एक बहुत बढ़िया चीज है, जो मैं दुनिया को दे रहा हूँ और हम इसके लिए बहुत ठीक दाम तय करनेवाले हैं। विज्ञान की दुनिया में नाम कमाना एक बात है, लेकिन बाजार पर कम-से-कम आनेवाले दस सालों तक हमारा अकेला कब्जा होना चाहिए और यह भी कि सारा मुनाफा केवल डीलर के खाते में क्यों जाए?''

समय के बीतते जाने के साथ इस नुस्खे के प्रति मेरी रुचि भी बढ़ रहीं थी। मेरे दिमाग में भी अकसर परा-भौतिक विचार मँडराते रहते थे, जिनका कौतूहल अंतरिक्ष और समय को लेकर होता था और मुझे लगता था कि गिब्बर्न का यह काम गति बढ़ाने की संपूर्णता की ओर कदम है। मान लो, कोई व्यक्ति इस दवाई की पर्याप्त खुराक लेता है और दवा की लक्ष्य गति को पा लेता है। तब वह ग्यारह साल की उम्र में वयस्क हो जाएगा, पच्चीस बरस में अधेड़ और तीस बरस का होते-होते बुढ़ापे के उतार भरे रास्ते पर कदम रख चुकेगा। इससे मुझे लगने लगा कि प्रोफेसर गिब्बर्न का नुस्खा, अगर ठीक मात्रा में लिया गया तो वह यहूदियों जैसे लोगों के लिए कामयाब होगा, जो तेरह बरस की उम्र में मर्द हो जाएँगे

और पचास की उम्र में बूढ़े; सोचने और काम करने में उतने ही तेज जितने हम हमेशा रहते हैं।

स्नायु तंत्र पर नियंत्रण के जरिए मनोभावों को निर्देशित करनेवाली दवाएँ मुझे हमेशा ही विस्मित करती रही हैं। वह किसी को भी पागल बना सकती हैं, एकदम शांत कर सकती हैं, असाधारण रूप से चौकन्ना और ताकतवर बना सकती हैं तो एक निरीह असहाय भी बना सकती हैं। अब इस क्रम में डॉक्टरों के पास एक और औषधि जुड़ने जा रही है··· ! प्रोफेसर गिब्बर्न इसके प्रभाव को लेकर बहुत उत्सुक हैं। उनके पास इस नुस्खे से संबंधित बहुत से तकनीकी मुद्दे हैं, जो मेरे भी सवालों से जुड़े हुए हैं।

7 या 8 अगस्त को प्रोफेसर गिब्बर्न ने मुझे बताया कि वह इस आसव की उस मात्रा की गणना करनेवाले हैं, जो इसकी कामयाबी या असफलता तय करेगी। उसके बाद 10 अगस्त को उन्होंने कहा कि उनका काम पूरा हुआ और उनका तेज रफ्तार हासिल करनेवाला नया नुस्खा अब एक हकीकत बनकर दुनिया के सामने आनेवाला है। मैं उस समय सैंडगेट हिल्स से फोकस्टोन की तरफ बढ़ रहा था और मेरा इरादा अपने बाल कटाने के लिए जाने का था। तभी मैंने गिब्बर्न को तेजी से अपनी ओर आते देखा। शायद वह मेरे घर की तरफ अपनी कामयाबी की खबर देने आ रहे थे। मुझे याद है कि उस समय उनकी आँखें असाधारण रूप से चमकदार लग रही थीं, चेहरे पर खास तरह का तेज था। मैंने यह भी पाया कि उनके कदमों में जबरदस्त फुरती थी।

"हो गया।" वह उत्तेजना में चीखे और उन्होंने मेरा हाथ थाम लिया। वह बहुत जल्दी-जल्दी बोले जा रहे थे, "नुस्खा उम्मीद से कहीं ज्यादा कामयाब बना है। चलो मेरे घर और देखो।"

"सचमुच?" मैंने विस्मय भरे स्वर में पूछा।

"एकदम सच।" वह जोश में बोले, "चलो मेरे घर और आजमाओ।"

"क्या नुस्खा दोगुनी रफ्तार दे पा रहा है?" मैंने पूछा।

"ज्यादा, उससे कहीं ज्यादा। इतना कि मुझे भी डर लग रहा है। यह दुनिया की एक बेहद नायाब चीज बन गई है।" प्रोफेसर ने मेरा हाथ थामा और तेजी से अपने घर की ओर चीखते हुए बढ़ चले। उनकी चाल इतनी तेज थी कि मुझे लगभग घिसटते हुए जाना पड़ रहा था। उस रिहायशी कॉलोनी के लोग हलचल सुनकर बाहर निकल आए थे और हमें देख रहे थे। वह नजारा ही ऐसा था, जो इलाके की सभ्यता को बेमेल लग रहा था। वह दिन गरम और सुहावने साफ मौसम के थे। हवा चल रही थी, लेकिन इतनी नहीं कि मुझे उस हालत में पसीने-पसीने होने से बचा सके। मैंने प्रोफेसर से गुहार की कि जरा धीरे चलो भाई...

"मैं तेज कहाँ चल रहा हूँ।?" गिब्बर्न ने जोर से कहा और अपनी चाल को कुछ धीमा कर दिया। पर वह अभी भी तेज ही थे।

"आपने वह दवा ले रखी है।" मैंने कहा।

"नहीं।" उन्होंने जवाब दिया, "प्रयोगशाला में काम आए बीकर को धोने के बाद उसकी तलहटी में बूँद भर पानी रह गया था। वह मैंने कल रात चखा था। पर वह तो बहुत पुरानी, इतिहास जैसी बात हो गई है।"

"क्या इसका असर दोगुनी ताकत जैसा है,?" मेरा सवाल वहीं अटका हुआ था।

"इसका असर हजार गुना है, कई हजार गुना," प्रोफेसर गिब्बर्न ने बहुत नाटकीय ढंग से चीखते हुए जवाब दिया और अपने घर का पुराने अंग्रेजी जमाने का फाटक खोल दिया।

हम भीतर आ गए।

"पता नहीं इसकी ताकत कितने गुना है यह समूचे स्नायु-तंत्र पर अपना असर दिखाती है। इससे इनसान के देखने की क्षमता एकदम नए रूप में बदल जाती है। भगवान् जाने कितने हजार गुना सूक्ष्म देख पाना

संभव हो पाता है। हम अभी इसको आजमाएँगे। अभी, इसी समय।''

''इसे आजमाएँगे?'' मैंने गलियारे में चलते-चलते सवाल किया।

मुझे अनसुना करके प्रोफेसर गिब्बर्न मुझे अपनी प्रयोगशाला की ओर ले गए।

''ये देखो। यह रही छोटी सी हरी शीशी, जिसमें वह द्रव है। तुम डर तो नहीं रहे हो न।?''

मैं एक सावधान किस्म का आदमी हूँ और जोखिम उठाने की केवल बातें करना पसंद करता हूँ। मैं डरा हुआ तो था, लेकिन इस प्रयोग में हिस्सेदार होने का एक गौरव भी था।

''ठीक है।'' मैंने कैसे भी जवाब दिया, ''तुमने तो इसे आजमाया ही है न?''

''हाँ, मैंने इसे चखा है और मुझे इससे कोई नुकसान नहीं पहुँचा है। यहाँ तक कि मुझे इससे कोई घबराहट भी नहीं हुई है। और···''

मैं बैठ गया, ''ठीक है, लाओ दो।'' मैंने कहा, ''हद-से-हद यही होगा कि मैं अपने बाल कटाने नहीं जा पाऊँगा। वैसे भी मुझे यह काम बहुत ही खराब लगता है, तुम यह दवा कैसे लेते हो?''

''पानी के साथ।'' प्रोफेसर ने दवा के बड़े फ्लास्क को हिलाते हुए कहा।

प्रोफेसर अपनी मेज के पास मुझे अपने सामने कुरसी पर बैठाते हुए बोले। उनका हावभाव यकायक हार्ले स्ट्रीट में बैठनेवाले महत्त्वपूर्ण विशेषज्ञों जैसा हो गया।

''यह रम जैसा एक द्रव है।''

मैंने हाथ उठाकर समझ जाने जैसा संकेत किया।

''मैं तुम्हें अभी से सतर्क कर दूँ कि इसे लेते ही तुम्हें अपनी आँखें बंद कर लेनी हैं और उसके करीब एक मिनट बाद ही धीरे-धीरे खोलनी हैं। उस दौरान भी तुम्हारी नजर काम कर रही होगी। देखने की चेतना

कंपन के आकार पर निर्भर करती है, न कि उसकी आवृत्ति पर। लेकिन इससे रेटिना पर एक धक्का सा लगता है, जिससे अगर आपकी आँखें खुली हैं तो एक बुरा लगने जैसा चक्कर सा महसूस होता है। इसलिए आँखें बंद ही रखना।''

''ठीक, आँखें बंद।'' मैंने कहा।

''अब आगे स्थिर बने रहो। पलकें मत झपको, वरना तुम्हें एक बुरा सा झटका लगेगा। याद रखो इसके असर से तुम्हारा तंत्र हजारों गुना अधिक सक्रिय हो जाएगा। तुम्हारा हृदय, तुम्हारे फेफड़े, मांसपेशियाँ और मस्तिष्क। सब एक साथ हजार गुना गतिशील हो जाएँगे और तुन्हें पता भी नहीं चलेगा। तुम्हें सबकुछ सामान्य महसूस होगा। तुम्हें दुनिया की सब गति हजारों गुना धीमी चलती लगेंगी। और यही इस नुस्खे का कमाल है।''

''ठीक।'' मैंने कहा, ''और तुम्हारा मतलब है...?''

''तुम खुद देखोगे।'' उसने कहा और अपने हाथ में दवा नापने का गिलास उठा लिया। प्रोफेसर गिब्बर्न ने साथ ही सामने रखी व्यवस्था पर नजर डाली। गिलास और पानी सबकुछ यहाँ मौजूद है। पहली बार में अधिक मात्र में दवा लेना ठीक नहीं है।

छोटी शीशी में बहुमूल्य द्रव्य नजर आया। प्रोफेसर ने दोहराया, ''जो मैंने बताया है वह भूलना मत।'' और गिलास में सावधानी से दवा ऐसे उड़ेलने लगा, जैसे इटालियन वेटर लोग ह्विस्की पेश करते हैं, ''अब आँखें बंद और दो मिनट के लिए एकदम स्थिर हो जाओ।'' उसने कहा, ''फिर तुम मेरा बोला हुआ सुन पाओगे।''

उसके बाद प्रोफेसर ने हर एक गिलास में करीब एक इंच की ऊँचाई भर पानी उड़ेला।

बहुत धीरे-धीरे प्रोफेसर ने हिदायत दी—''अपना गिलास अपने हाथ में लिये रहो, नीचे मत रखो और हाथ को अपने घुटने पर टिका लो, तैयार।''

उसने गिलास उठाया।

''नया नायाब नुस्खा।'' मैंने कहा।

''नया नायाब नुस्खा।'' उसने जवाब दिया।

हमने शालीनता से गिलास टकराए और घूँट भरने के साथ ही आँखें बंद कर लीं।

समझो कि उसे लेते ही एक निर्वात जैसी अस्तित्वहीनता की स्थिति में हम चले गए, जैसे कि वह एक अनिश्चित सा अवकाश था। फिर मैंने सुना कि प्रोफेसर गिब्बर्न मुझे जागने का निर्देश दे रहे हैं। मैं जरा सा हिला और मैंने अपनी आँखें खोल दीं। प्रोफेसर पहले जैसे ही खड़े थे, गिलास अभी भी उनके हाथ में था, बस फर्क यह था कि गिलास खाली था।

''हो गया?'' मैंने कहा।

''सब ठीक है न?'' उन्होंने पूछा।

''ठीक है। बस साँस शायद ज्यादा तेज चल रही है।''

''और आवाज का एहसास?''

''सबकुछ ठहरा हुआ है। हे भगवान्, सचमुच सबकुछ जहाँ-का-तहाँ रुका हुआ है। बस एक धीमी-धीमी आवाज आ रही है, जैसे बारिश की बूँदें चीजों पर गिरकर चोट कर रही हों। यह क्या है?''

आवाजों को परख लिया शायद प्रोफेसर ने यही कहा, पता नहीं। फिर प्रोफेसर ने खिड़की की ओर नजर घुमाई और मुझसे पूछा, ''क्या तुमने पहले कभी खिड़की पर लगे हुए परदे को इस हालत में देखा है?''

मैंने गिब्बर्न की नजर की तरफ गरदन घुमाई। परदे का निचला सिरा एकदम स्थिर था। उसका कोना घूमकर उठ गया था, जैसे हवा के झोंके ने उसे हिलाया हो।

मैंने जवाब दिया, ''नहीं, कैसी अजीब बात है?''

''और यह देखो।'' गिब्बर्न ने कहा और अपनी वह हथेली खोल

दीं, जिसमें उसने गिलास पकड़ा हुआ था। जाहिर है कि गिलास को फर्श पर नीचे गिर जाना चाहिए था। पर फर्श पर टकराना तो दूर, वह अपनी जगह से हिला तक नहीं था। एकदम स्थिर, हवा में टँगा हुआ।

मेरी हैरत को बढ़ाते हुए प्रोफेसर गिब्बर्न ने बताना शुरू किया—"आमतौर पर इस जगह पकड़ से छूटी हुई कोई चीज पहले एक सेकंड में 16 फीट नीचे गिर जाती है। यह गिलास उसी गति से नीचे गिर भी रहा है, लेकिन तुम्हारी गति के मुकाबले इसके गिरने की गति हजार गुना कम है, इसलिए तुम्हें यह गिलास स्थिर दिख रहा है। अब इससे तुम मेरे नए नुस्खे की कामयाबी का अंदाज लगाओ और सोचो कि वह कितने गुना ज्यादा रफ्तार दे पा रहा है।" अपनी बात के साथ ही प्रोफेसर ने हाथ बढ़ाकर हवा में थामा हुआ गिलास पकड़ा और मेज पर रख दिया।

"समझे।" प्रोफेसर का उत्साह बोला और वह हँस दिए।

"ठीक कहा।" मैंने जवाब दिया और बहुत सावधानी से जरा डरते हुए अपनी कुरसी से उठने की कोशिश करने लगा। मैं बहुत सहज महसूस कर रहा था। बहुत हल्का और आरामदायक स्थिति में पूरी तरह आत्मविश्वास से भरा हुआ। मैं सबकुछ बहुत तेज गति से कर रहा था। जैसे कि मेरा दिल एक सेकंड में एक हजार बार धड़क रहा था, लेकिन उससे मुझे कोई कठिनाई नहीं हो रही थी। मैंने खिड़की के बाहर देखा। एक साइकिल सवार मानो वहीं स्थिर हो गया था और उसके पिछले पहिए के पास धूल का गुबार भी वहीं ठहर गया था। पैदल चलनेवालों की भीड़ भी, जो एक-दूसरे को पछाड़नेवाली रफ्तार से चलती है, वह भी ठहरी हुई ही दिख रही थी। मेरे लिए यह नजारा बहुत चमत्कारी था, जिसके अतिरेक में मैं लगभग चीख पड़ा था, "यह असर कब तक रहेगा, प्रोफेसर गिब्बर्न?"

भगवान् जाने उसने क्या जवाब दिया था। पिछली बार जब मैंने

इस दवा को लिया था, तब मैं बाद में सोने चला गया था। सच कहता हूँ कि मैं घबरा गया था। भले ही असलियत में इसका असर बस कुछ मिनटों भर ही रहा हो, लेकिन मुझे महसूस हुआ था, मानो घंटों बीत गए हैं। लेकिन जैसा मुझे याद है, इसका असर तेजी से एक झटके में उतर भी गया था।

मुझे इस बात से गर्व महसूस हुआ कि मैं कम-से-कम घबराया तो नहीं। शायद इसलिए कि उस हालत में हम दो लोग थे।

"हम बाहर क्यों न चलें?" मैंने पूछा।

"चलो।" जवाब आया।

वह सब लोग हमें देखेंगे। मैंने शंका जाहिर की।

"अरे नहीं, हम दोनों तो उनमें सबसे तेज आदमी से भी हजार गुना ज्यादा रफ्तार से बढ़ रहे होंगे, आ जाओ। किस रास्ते से जाना चाहोगे। दरवाजे से या खिड़की से?"

खिड़की बड़ी थी, लेकिन ऊँची थी। लेकिन हम बहुत शक्तिशाली थे। हम खिड़की तक उछले और वहीं से बाहर चले गए।

इसमें कोई शक नहीं कि वह एक ऐसा अनुभव था को मैंने पहले कभी नहीं पाया था, न ही उसकी कभी कल्पना की थी। गिब्बर्न के साथ फोकस्टोन इलाके में उसके नए नुस्खे ने मुझे एक अजब ही आनंद से परिचित कराया था। वह नुस्खा वाकई पागल कर देनेवाला साबित हो रहा था। फाटक से बाहर सड़क पर आकर अब हम गुजरते हुए ट्रैफिक का नजारा ले रहे थे। अपने समय की तेज गति के कारण हमें कुछ भी समूचा नहीं दिख रहा था। गाड़ियों की छतें, घोड़ों के पैर, कोचवानों के चाबुक, बस इतना ही।

हमारे आसपास लोग हमारे जैसे ही थे, लेकिन हमारे जैसे नहीं थे। वह अपनी अलग-अलग मुद्राओं में जकड़ गए जैसे थे। एक लड़की एक आदमी को देखकर मुसकरा रही थी। एक औरत अपना ढीला-

ढाला लबादा पहने रेलिंग से टिककर खड़ी थी और प्रोफेसर के घर की ओर देख रही थी। एक आदमी अपनी मूँछों को ताव देता हुआ मोम के पुतले जैसा लग रहा था। दूसरा आदमी अपने थके हुए हाथ और उँगलियाँ फैलाकर अपने खिसकते हुए हैट को सँभाल रहा था। हम अपनी रफ्तार से चलते जा रहे थे। हम सबकी तरफ देख रहे थे, उनकी हँसी उड़ा रहे थे, उनकी ओर देखकर ऊलजलूल मुँह बना रहे थे। हमारा चलते जाना जारी था और इस तरह हम एक साइकिलवाले के सामने से होते हुए फुटपाथ पर आकर ठहर गए।

अचानक गिब्बर्न ने अतिरेक में चिल्लाकर कहा, ''ओह, उधर देखो!''

मैंने उसकी उँगलियों की सीध में देखा। एक मधुमक्खी अपने पंख फड़फड़ाते हुए ऐसे उड़ती हुई नजर आ रही हो, जैसे वह बस हवा में सुस्त चाल से रेंग रही हो।

फुटपाथ पर आ जाने के बाद का नजारा हमें और भी पागल किए दे रहा था। यहाँ हम बस ठहरकर चारों तरफ देख रहे थे और धीरे-धीरे टहल रहे थे। कुछ दूर पर एक बैंडवालों का दल कोई धुन बजा रहा था। वह धुन हमें ऐसी सुनाई पड़ रही थी, मानो कोई बहुत धीमी भुनभुनाहट जैसी आवाज हो। बैंड बजानेवाले लोग पुतलों की तरह खामोशी से खड़े दिख रहे थे। मैंने नजदीक से एक छोटे कुत्ते को देखा, जो छलाँग लगाने को तैयार था, फिर वह बहुत धीमी गति से हवा में कूदा, कुछ देर वैसे ही रहा और फिर जमीन पर आ गिरा।

चलते हुए और ठहरकर यह सब देखते हुए मैंने कहा, ''बहुत तपन जैसी गरमी महसूस हो रही है। जरा धीरे चलना चाहिए।''

''अरे, आते जाओ।'' प्रोफेसर गिब्बर्न ने लापरवाही से जवाब दिया।

हमने आगे अपना रास्ता इधर-उधर पड़ी कुरसियों के बीच से

बनाया। उन कुरसियों पर जो बहुत सारे लोग बैठे हुए थे, वह बहुत सहज लग रहे थे, बस उन बैंड बजानेवालों का जो हाव-भाव दिखाई पड़ रहा था, वह बहुत ही बेतुका था। एक साँवले रंग का आदमी तेज हवा की वजह से अपने हाथ में थामे अखबार को सीधा नहीं कर पा रहा था और उसी मुद्रा में ठहरा हुआ सा दिख रहा था। इसके अलावा लोगों के उड़ते कपड़ों और बालों से वहाँ यह साफ समझा जा रहा कि हवा तेज चल रही है, लेकिन अजीब बात यह थी कि हमें अपने ऊपर हवा के तेज झोंकों का कोई असर महसूस नहीं हो रहा था। वहाँ भीड़ से कुछ दूर हटकर हम अलग आ गए और फिर वहीं से लोगों का हुजूम देखने लगे। हमें सारा नजारा किसी तसवीर जैसा लग रहा था। एकदम जड़, जैसे वह सारे लोग मोम की मूरत हों। वह जितना अजीब था, उसे सचमुच वैसा ही समझना बेवकूफी की बात भी थी, लेकिन यह एहसास हमें इस शान में भी ला रहा था कि हम इस समय दुनिया की बहुत नायाब खोज, यानी उस नए नुस्खे की लहर का कौतूहल भरा असर महसूस कर रहे हैं।

"बहुत खूब है यह नुस्खा।" मैं उल्लहास में अपनी बात कहने ही जा रहा था कि प्रोफेसर गिब्बर्न ने मेरी बात काटते हुए तेजी से कहा, "वह रही वह बदमिजाज बूढ़ी औरत।"

"कैसी बूढ़ी औरत?" मैंने भौंचक होकर जानना चाहा।

"मेरी पड़ोसन है।" गिब्बर्न ने कहा, "हे भगवान्, उसका कुत्ता बहुत भौंकता है, अब देखना मजा!"

प्रोफेसर गिब्बर्न की एक बात बहुत अजीब है कि वह अकसर बहुत बचकानी और उतावलेपन की हरकत कर गुजरते हैं। इसके पहले कि मैं प्रोफेसर की बात का कोई मतलब समझ पाता, वह आगे की ओर झपटे, उस औरत के हाथ से वह कुत्ता छीना और तेजी से फुटपाथ की ओर दौड़ पड़े। यह तो मेरी समझ से और भी अजीब और बेवकूफी भरा

काम था। वह छोटा कुत्ता डर के मारे न तो भौंका, न गुर्राया, बल्कि एक बेजान चीज की तरह प्रोफेसर की गिरफ्त में बना रहा। प्रोफेसर गिब्बर्न ने उसे उसकी गरदन से पकड़ा हुआ था और वह जैसे किसी काठ के टुकड़े को लेकर दौड़ रहा था।

''गिब्बर्न!'' मैं चीखा, 'उसे छोड़ दो!' मैं कहना चाह रहा था, लेकिन पता नहीं क्या देखकर मेरे मुँह से निकल गया, ''गिब्बर्न, ऐसे मत दौड़ो, रुक जाओ। तुम अपने कपड़ों में आग लगा लोगे। तुम्हारी पतलून गरमी से झुलसती हुई नजर आ रही है।''

प्रोफेसर गिब्बर्न ने अपनी हथेली अपनी जाँघ पर थपथपाई और सड़क के किनारे रुक गया। मैं उसके पीछे-पीछे आता हुआ चिल्लाया, कुत्ते को दूर करो। तुम्हारे तेज दौड़ने की वजह से बहुत गरमी पैदा हो रही है। तुम आकाश की किसी उल्का की तरह दो या तीन मील प्रति सेकंड की रफ्तार से दौड़ रहे थे और उस रफ्तार में हवा के घर्षण के कारण इतनी गरमी पैदा हो रही थी। उफ्फ! कितनी गरमी महसूस हो रही है। मैं पसीने से तर हुआ पड़ा हूँ। उस दवा का असर अब उतर रहा है। मैं लोगों का हिलना-डुलना कुछ-कुछ देख पा रहा हूँ। सचमुच दवा का असर अब खत्म हो रहा है। कुत्ते को छोड़ दो।''

''हैं...?'' उसने अविश्वास से कहा।

''हाँ, अब असर खत्म होने को है।''

प्रोफेसर गिब्बर्न ने ठहरकर मेरी ओर देखा। फिर उन बैंडवालों की ओर, जिनके बजाने की गति अब कुछ तेज पता चल रही थी। तभी बहुत फुरती से गिब्बर्न ने अपना बाजू गोलाई में घुमाया और उस छोटे कुत्ते को दूर उछाल दिया। वह कुत्ता एक बेजान पिंड की तरह हवा में गुलाटियाँ खाते हुए ऊपर जाता नजर आया और फिर दूर कुछ अपनी गपशप करते लोगों के झुंड के बीच जा गिरा।

गिब्बर्न ने अचानक मेरी कुहनी थाम ली और चिलाया, ''हे भगवान्!

गरमी मेरे शरीर को भेद रही है।'' वह पसीने से तर हो रहा था। उसने अपनी जेब से अपना रूमाल निकाला और पसीना पोंछते हुए बोला, ''अब हमें जल्दी ही यहाँ से निकल लेना चाहिए।''

बहुत तेजी से निकल पाना हमारे लिए मुमकिन नहीं हुआ। शायद यह अच्छा ही रहा। अगर हम दौड़ते तो यह तय था कि हम आग की लपटों में घिर गए होते। यकीनन हमारे दौड़ने पर ऐसा ही होता। हम दोनों में से किसी ने भी रफ्तार के इस प्रभाव के बारे में अपना ध्यान नहीं लगाया था और उस समय अगर हम चाहते भी तब भी दौड़ नहीं सकते थे, क्योंकि दवा का असर झट से खत्म हो गया था, एकदम तत्काल, जैसे कोई दरवाजा खट से बंद हो गया हो।

मेरे कान तक प्रोफेसर गिब्बर्न का स्पष्ट आदेश पहुँचा, ''बैठ जाओ।''

अपनी बात कहने के साथ ही वह खुद भी वहीं, सड़क के किनारे फुटपाथ पर बैठ गए। मैं भी बैठ गया। मैं जहाँ बैठा, वहाँ की घास झुलसकर बदरंगी हो गई। अब तक के सारे ठहराव का एहसास एकदम गायब हो गया। सारा माहौल यकायक जिंदा हो गया, जैसे शहर की नसों में खून का रुका हुआ बहाव चल पड़ा हो। बैंडवालों के हाथ फुरती से चलते दिखने लगे और बैंड का संगीत पूरे वेग से कानों तक आ धमकने लगा। बैठे हुए लोग हिलने-डुलने और बोलने लगे।

अब शहर की गति और हमारी स्थिति में कोई फर्क नहीं रह गया। यह कुछ वैसा ही हुआ जैसे रेलगाड़ी स्टेशन के आते ही रुकने के लिए धीमी हो जाती है। हमें ऐसा लगा कि जैसे हमें एक चक्कर सा आया हो और हमें घुमा गया हो। खास तौर से मुझे तो बहुत थोड़ी देर के लिए सिर का चकराना भी महसूस हुआ। और प्रोफेसर गिब्बर्न के हाथों से उस कुत्ते का उस बूढ़ी औरत की गोद से छूटकर हवा में उछाला जाना और फिर जमीन पर गिरना बस एक लम्हे का मामला समझ में आ गया।

यह हमारे लिए एक राहत की बात थी। नहीं तो कुरसी पर बैठे हुए एक बूढ़े और मोटे आदमी ने हमारा वहाँ होना देखा था, वह थोड़ी-थोड़ी देर बाद सिर घुमाकर हमें घूर भी रहा था। मुझे यह संदेह भी हुआ कि उसने अपनी नर्स से हमारे बारे में कुछ कहा। मुझे शंका हुई कि एक आदमी ने दवा का असर खत्म होने के बाद हमारा वहाँ अचानक नजर आने लगना नोट किया है। अब हमारा गरमाहट से तपना भी रुक गया था, हालाँकि घास का वह टुकड़ा जिस पर हम बैठे थे, वह अभी भी बहुत गरम था।

अचानक सबकी तन्मयता भंग हुई थी। इस पार्क में मनोरंजन के लिए जिस बैंड की व्यवस्था थी, वह न जाने कब से बिना किसी भूल के अपना प्रदर्शन कर रहा था, लेकिन अभी उनसे भी अचानक पहली बार सुर की चूक हुई थी। इस भूल को सबने पकड़ा था और इस पर लोगों की चर्चा हो रही थी। साथ ही इस घटना ने भी हलचल मचा दी थी कि इस महिला की गोद में शांत चित्त ऊँघता हुआ सा वह छोटा कुत्ता बहुत तेज रफ्तार से अचानक हवा में उड़ता हुआ बहुत दूर जा गिरा था। लोग बौखला गए थे और इसे किसी अपशगुन का संकेत मानकर अंधविश्वासी सिद्ध हो रहे थे। किसी भगदड़ जैसा दृश्य बन गया था। लोगों के अचानक भागने से कुरसियाँ उलटकर गिर गई थीं। वहाँ ड्यूटी पर हाजिर पुलिसवाला भी इस भागा-दौड़ी से हैरान था। हमें समझ में नहीं आ रहा था कि अब क्या हो, लेकिन हम इस बात के लिए सतर्क हो गए कि हम जल्दी-से-जल्दी उस बूढ़े मोटे आदमी की नजर से परे हो जाएँ, वरना बेमतलब सवाल-जवाब के घेरे में फँस जाने का खतरा था। जैसे ही गरमाहट के असर से मुक्त हुए और दिमाग चकराने जैसी हालत से बाहर आया, हम अपनी जगह से उठे और हमने भीड़ के दायरे के बीच से रास्ता बनाया तथा सड़क पर आ गए और हमारे कदम प्रोफेसर गिब्बर्न के घर की ओर बढ़ने लगे। इसी दौरान मेरे कानों तक

बहुत साफ-साफ एक बात पहुँची। वह आदमी, जो उस औरत के बिल्कुल पास बैठा था, वह बहुत ही अभद्र लहजे और कठोर भाषा में उस आदमी को ललकार रहा था, जिसकी टोपी पर इंस्पेक्टर लिखा हुआ था। उसका सवाल था—

"अगर तुमने उस औरत से छीनकर उसका कुत्ता नहीं फेंका तो बताओ और किसने फेंका?"

इस संवाद से हमारे कान खड़े हो गए। हमारा ध्यान अपनी हालत पर भी गया। हमारे कपड़े अभी भी बहुत गरम थे। प्रोफेसर गिब्बर्न की सफेद पतलून उसकी जाँघ के पास झुलसकर बदरंग हो गई थी। बहुत से कई और परिदृश्य थे, हम जिन्हें याद कर सकते थे, लेकिन इस अफरा-तफरी में वह सब ध्यान गुम हो गया था। जैसे वह उड़ती हुई मधुमक्खी अब कहीं नहीं थी और वह साइकिलवाला भी अब न जाने कहाँ पहुँच गया था। हम अपर सैंडगेट रोड पर आ गए जहाँ से रास्ता सीधे चर्च की ओर जाता है। उस रास्ते पर चल रहे लोग जीवंत और सामान्य थे और उनकी बातचीत हम तक पहुँच रही थी।

घर के फाटक के पास पहुँचकर हमने देखा कि वह खिड़की जहाँ से फाँदकर हम गए थे, उस पर हमारी हरकत के निशान थे और नीचे गीली मिट्टी पर हमारे जूतों की छाप, जो बहुत गहरी पड़ी थी।

तो यह था मेरा पहला अनुभव, जो मैंने उस नए नुस्खे को आजमाकर पाया था। हमने इस अनुभव के बारे में आपस में बहुत चर्चा और विचार-विमर्श किया। हम दवा लेने के बाद बस कुछ ही देर को बाहर का संसार देखने निकले, सिर्फ उतनी देर जितनी देर में बैंडवालों ने दो धुनें बजाई होंगी। लेकिन उतने समय में ही हमने, दुनिया के हमारे सामने ठहर जाने के कारण, कितना अधिक पढ़ा। हम जिस हड़बड़ाहट और बिना किसी योजना के बाहर निकले, उसे देखते हुए हमारे साथ और भी खराब स्थिति हो सकती थी। इसमें कोई शक नहीं कि अभी

प्रोफेसर गिब्बर्न को अपने नुस्खे को और भी अधिक सुविधाजनक इस्तेमाल भर बनाने के लिए बहुत काम करने की जरूरत है। लेकिन यह भी पूरी तरह साफ है कि प्रोफेसर का यह नुस्खा उनके सारे अंदाज से कहीं आगे जाकर कामयाब निकला है।

हमारे उस प्रयोग के बाद से इस नुस्खे पर बहुत वैज्ञानिक ढंग से परीक्षण हो रहे हैं और उनका कोई नुकसान पहुँचानेवाला परिणाम सामने नहीं आया है। हालाँकि यह भी सच है— मैंने खुद इन प्रयोगों में हिस्सा नहीं लिये हैं। इसके बावजूद मैं बताना चाहता हूँ कि इस दवा को लेने के बाद मैं इस कहानी को लिखने बैठा और मैंने इसे एक बैठक में ही लिख डाला। मैंने एक बार भी किसी भी कारण से कलम नहीं रोकी। मैंने इसे शाम 6.25 पर लिखना शुरू किया था और इसे पूरा करने में मुझे एकदम ठीक 31 मिनट लगे। इस तरह एक बड़े काम को इतनी एकाग्रता से इतनी, जल्दी कर पाना, जबकि दिमाग सारे दिन की उलझनों से भरा हुआ और पास्ट हो चुका हो, केवल इस नए नुस्खे की बदौलत हो पाया। यह कहते हुए मैं सचमुच कुछ भी बढ़ा-चढ़ाकर नहीं कह रहा हूँ। अब प्रोफेसर गिब्बर्न इस ओर काम कर रहे हैं कि यह दवा किसको कितनी मात्रा में दी जाए, क्योंकि अलग-अलग स्थितियों को देखते हुए, सबको एक जैसी खुराक नहीं दी जा सकती। इसी तरह प्रोफेसर गिब्बर्न इस खोज में भी लगे हैं कि वह किन्हीं विशेष परिस्थितियों में इस दवा के प्रभाव को तुरंत कम करने या खत्म करनेवाली दवा भी जल्दी बना सकें। मतलब वह इस दवा की प्रतिरोधक दवा भी बना लेने की कोशिश में हैं। यह दोनों दवाएँ मिलकर इनसान की जिंदगी और उसकी जीवन शैली में जबरदस्त कामयाबी भरा बदलाव ला पाएँगी। यह क्रांतिकारी खोज इनसान के रास्ते में समय की बंदिश जैसी रुकावट को चुटकी में परे करने का कारनामा होगी। बाजार में यह दवाई अपने पूरे सुरक्षित और कारगर विधान के साथ बस कुछ ही महीनों में आ

जाएगी और शहर की सभी दवाइयों की दुकान पर छोटी हरी शीशी में बहुत उचित कीमत पर मिल पाएगी। इस दवाई का नाम गिब्बर्न का रफ्तार बढ़ानेवाला नया नुस्खा होगा। अपनी तीव्रता के क्रम में यह 200, 900 और 2000 स्तरों पर, पीले, गुलाबी और सफेद लेबलवाली पैकिंग में मिलेगी।

इसमें कोई शक नहीं है कि यह दवा इनसान के लिए बहुत तरीके के करिश्मे कर पाएगी और इसका इस्तेमाल अपराधों को उजागर करने और अपराधियों को पकड़ने के लिए भी हो सकेगा। जैसे हर जरूरी और उपयोगी चीज का गलत और गैर-कानूनी कार्य भी होता है, इसका भी हो सकता है। लेकिन उस संभावना का तोड़ ढूँढ़ना हमारा काम नहीं है। हम तो बस इस नए नुस्खे का उत्पादन करेंगे और इसे बाजार में उतार देंगे। फिर चाहे जो हो, देखा जाएगा।

□

बिजलीघर का देवता

इस कहानी का मूल नाम है 'लॉर्ड ऑफ डायनुमो'। यह कहानी सबसे पहले 6 सितंबर, 1894 को 'पाल माल बजट' पत्रिका में एक भयावह कथा के रूप में छपी और उसके बाद देखते-देखते तीन साल में ही इसे न जाने कितने प्रकाशनों ने अपने-अपने संग्रहों में लपक लिया और सन् 1913 तक इस कहानी का जादू पाठकों को उसी तरह बाँधे रहा।

कैंबरवेल में बना यह बिजलीघर, जिसमें भाप से घूमनेवाले तीन जेनेरेटर डायनुमो लगे हैं, यार्कशायर से निकलनेवाली इलेक्ट्रिक ट्रेनों के लिए बिजली बनाता है। इस बिजलीघर के काम की सारी देखरेख जो आदमी करता है, उसका नाम है—जेम्स होलरॉय। यह बंदा अपने काम में तो खैर उस्ताद था, लेकिन शराब इसकी कमजोरी थी। ऊबड़-खाबड़ दाँत और बालों भरा जिस्म उसे एक बेवकूफ और जंगली आदमी जैसा पेश करते थे। उसे तकनीकी सिद्धांतों पर जितना भरोसा था, उसका रत्ती भर भी किसी भगवान् पर नहीं था। उसने थोड़ा-बहुत शेक्सपियर को पढ़कर इसलिए खारिज कर दिया था कि उसे शेक्सपियर रसायनशास्त्र में बिल्कुल कोरा लगा था। होलरॉय का एक सहायक भी था और वह भी लगता था, जैसे किसी रहस्यमयी दुनिया से लाया गया हो। उसका नाम तो था अजूमाजी, लेकिन उसका उस्ताद उसे पोह कहकर बुलाता

था। उस्ताद होलरॉय को अपना यह हब्शी सहायक पोह दो कारणों से बहुत ठीक लगता था। एक तो यह कि वह हब्शी पोह अपने उस्ताद द्वारा की गई ठुकाई को बिना चूँ किए झेल जाता था, जोकि उस्ताद की आदत थी। दूसरे यह कि पोह को मशीनों में बारीक निगाह से ताक-झाँककर सीखने-समझने का शौक नहीं था। इस नीग्रो हब्शी की उलटी खोपड़ी में क्या फितूर पैदा हो सकता है, इसका अंदाज उस्ताद होलरॉय को बहुत बाद में हुआ।

अजूमाजी उर्फ पोह की फितरत को समझ पाना किसी भी मनुष्य प्रजाति के वैज्ञानिक के बस की बात नहीं थी। वह किसी भी हब्शी के मुकाबले कहीं ज्यादा हब्शियाना इनसान था, भले ही उसके बाल उतने ही घुँघराले थे और नाक वैसी ही उठी हुइ। उसकी चमड़ी का रंग काला न होकर, बादामी था और उसकी आँख की पुतली के चारों ओर का हिस्सा, जो प्राय: सफेद होता है, वह पीला था। उसके चौड़ी हड्डीवाले गाल और नुकीली ठुड्डी, उसके चेहरे को ऐसा दिखाते थे, मानो वह साँप का सिर हो। उसका सिर भी पीछे की तरफ ज्यादा चौड़ा था और माथा सामने को झुका हुआ और सँकरा था। ऐसा लगता था कि यूरोप के लोगों से फर्क, उसका दिमाग भगवान् ने मरोड़कर पीछे की तरफ फिट किया है। वह नाटे कद का आदमी था और उसकी अंग्रेजी बेहद चौपट थी। बातचीत के दौरान वह ऐसी बहुत सी आवाजें निकालता था, जिनका अंग्रेजी भाषा में कोई मतलब नहीं है। उसके अकसर बोले जानेवाले शब्द अशुद्धि और भोंड़ेपन के भयंकर नमूने बनकर सामने आते थे। उसका उस्ताद होलरॉय, अकसर दारू चढ़ा लेने के बाद उसे उसके धार्मिक विचारों और अंधविश्वासों के खिलाफ भाषण देता था और जब भी पोह अपने देवी-देवताओं के खिलाफ सुनकर प्रतिवाद करता तो उस्ताद के हाथों उसकी ठुकाई होती।

अजूमाजी जब पहले-पहल यहाँ पहुँचा था, तब उसके बदन पर

पूरे कपड़े नहीं थे और जो भी थे, वह सफेद होने के बावजूद ऐसा लग रहा था कि वह जैसे लंदन से दूर की किसी कोयले की भट्टी से निकलकर आए हों। अजूमा ने अपने देश में रहते हुए बचपन में ही लंदन की शाही जिंदगी के किस्से सुन रखे थे, उसने सुना था कि लंदन में सभी औरतें गोरी और खूबसूरत होती हैं, सड़क के भिखारी तक भी गोरे ही होते हैं, बस इसी सब से प्रेरित होकर वह जेब में अपनी ताजा कमाई के कुछ सोने के सिक्के लेकर लंदन चला आया था कि वह यहाँ सभ्य देश के किसी देवालय में पूजा-पाठ करेगा।

जब वह लंदन पहुँचा, वह एक बुरे मौसमवाला दिन था। आसमान बादलों से घिरा था और सड़क बारिश की फुहार से फिसलन भरी हो गई थी। लेकिन वह बिना किस दुविधा के थका-माँदा सा, अपनी ओर से भले आदमी की तरह कपड़े पहने, जेब में बस जरूरत भर सिक्के लिए आगे जा रहा था और उसका भविष्य था कि वह एक गूँगे जानवर की तरह उस कैंबरवेल के बिजलीघर में जेम्स होलरॉय के सामने लात-घूँसे खाने पहुँच जाए और जेम्स होलरॉय के लिए यह पिटाई-ठुकाई प्यार करने का एक ढंग था।

कैंबरवेल के उस बिजलीघर में तीन डायनुमो जेनेरेटर थे। उनमें से दो, छोटेवाले तो वहाँ शुरू से लगे हुए थे और तीसरा बड़ावाला वहाँ नया-नया लाया गया था। छोटी मशीनें बहुत शोर करती थीं। उनके पट्टे घूमते हुए ड्रम के ऊपर फटफटाते थे। अकसर चुंबकीय ब्रश काम करना बंद कर देते थे और चुंबकीय ध्रुवों के बीच हवा हो...हो...हो की आवाज करने लगती थी। उन दो में से भी एक मशीन की कसाहट अपने फ्रेम पर ढीली थी, जिससे पूरी मशीन में लगातार पूरे शेड को शोर से भर देनेवाला कंपन होता रहता था। बड़ेवाले डायनुमो जेनेरेटर के हल्ले की तो बात ही मत पूछो। उसके लोहे की आवाज में तो इन बेचारे दोनों की आवाज डूब ही जाती थी। वह जगह ऐसी थी, जो किसी भी आनेवाले

के दिमाग को घुमाकर ही रख दे। धक-धक-धक इंजन की आवाज, बड़े चक्कों के लगातार घूमने की आवाज, उनके साथ मशीनी पुरजों की टकराहट का शोर, ऊपर से बीच-बीच में तेजी से छूटता भाप का झोंका…अकसर अचानक बड़ा जेनेरेटर जोर से सीटी जैसी गहरे भेदनेवाली आवाज भी निकालने लगता था, जो रुकती थी तो बस अपने आप ही रुकती थी। दरअसल, बड़े जेनेरेटर से आनेवाली आवाज यह सीटी जैसी आवाज किसी तकनीकी खराबी की वजह से थी, लेकिन अजूमाजी यानी पोह, इस आवाज को बिजलीघर के दैत्य की चिंघाड़ कहता था और शान से मानता था कि यह उसकी ताकत का सबूत है।

अगर यह मुमकिन होता इस शेड में मचते हुए भयंकर शोर को यह कहानी अपने पाठकों तक जरूर पहुँचती। बाप रे, कितने तरह का शोर भरा था उस शेड में…ब्वायलर में लगातार बहती भाप की आवाज मानो कान को उखाड़कर हाथ में रख दे। मशीनों के पिस्टन, जो लगातार सिलेंडरों में आगे-पीछे होते हुए चीखते चिल्लाते रहते थे, ड्रमों के ऊपर चमड़े के फट्टों का लगातार रगड़ना-पटकना, किसी पटाखे के शोर से कम नहीं था, सारी आवाजें पूरे शेड में इस कदर ठसाठस भरी हुई थीं कि कहीं भी जाओ, कानों के लिए जरा भी चैन की गुंजाइश नहीं थी। उस पर से जब बड़े जेनेरेटर की तुरही बजने लगती, तब तो गजब ही होने लगता था। पूरे शेड में पाँव तले की जमीन लगातार काँपती रहती थी। वह जगह किसी को भी बौखला देने के लिए काफी थी और ऐसे में किसी की भी सोचने-समझने की ताकत डगमगा सकती थी। उन दिनों वहाँ सीनियर इंजीनियर लोगों की हड़ताल पिछले तीन महीनों से जारी थी…इस दौरान वह शैतानी लातवाला उस्ताद होलरॉय और काला हब्शी अजीमजी यानी पोह ही वहाँ चौबीसों घंटे की जिम्मेदारी सँभाल रहे थे। उन दोनों की वहीं उस शेड के अंदर बनी एक लकड़ी की कुठरिया में दिन-रात बने रहने की ड्यूटी थी।

अजूमाजी के आने के बाद जल्दी ही होलरॉय ने उस बड़े जेनेरेटर के बारे में अपना विद्वत्ता भरा भाषण उसके ऊपर उड़ेल दिया। उसे इस शेड में बहुत जोर लगा कर बोलना पड़ रहा था। उसने ललकारकर कहा, "इसे देखो, बताओ, मिट्टी पत्थर के बने तुम्हारे कौन-कौन से देवता इस मशीन के सामने टिक सकते हैं?" अजूमाजी कुछ देर बस खामोशी से उस मशीन को देखता रहा और उसे उस्ताद का बोलना भी नहीं सुनाई पड़ा। फिर उसने उस्ताद को कहते हुए सुना—'इस दुनिया में अगर सौ आदमी मरते हैं, तो उनमें से केवल बारह लोगों को छोड़कर बाकी सबकी मौत इन्हीं की ताकत का नतीजा होता है। अरे, यह मशीन तो भगवान् से बढ़कर है।'

होलरॉय को इस बड़ी मशीन की हस्ती पर बड़ा गुमान था और वह गाहे-ब-गाहे अजूमाजी पर इस हस्ती का रौब झाड़ता रहता था, लेकिन बस तब तक जब तक कि अजूमाजी की काले घुँघराले बालों से ढकी खोपड़ी में एक नया फितूर कौंध नहीं गया। उस्ताद होलरॉय तरह-तरह के नाटकीय तरीकों से अपने सहायक पोह को दरशाया करता था कि यह मशीन किस-किस तरीके से किसी की जान ले सकती है और इस प्रदर्शन में उसने जानबूझकर पोह को बिजली का एक झटका भी खिलाया था। ऐसे मौकों पर उस्ताद जरा राहत की साँस लेने के लिए रुक जाता था। सचमुच यह काम बहुत मेहनत माँगनेवाला था। इसके साथ ही पोह भी थककर वहीं फर्श पर बैठ जाता था और चुपचाप उस मशीन को देखने लगता था...इस दौरान कभी-कभी मशीन के चुंबकीय ब्रश चमकदार रोशनी फेंकते हुए चिनगारी उगलते थे, जिनसे उस्ताद भी सहम जाता था, इसके बावजूद सबकुछ सामान्य ढंग से चलता रहता था और यही सब उस शेड का सहज जीवन था। होलरॉय और अजीमजी जीवन की इस सहजता से बँधे हुए थे। वह कैद में तो नहीं थे, लेकिन उन शैतान मशीनों की गुलामी कर रहे थे, जिन्हें अंग्रेज बादशाह ने वहाँ बैठा दिया

था। वह दो छोटे जेनेरेटर तो अजीमजी की नजर में कुछ नहीं थे, लेकिन बड़ेवाले को वह मन–ही–मन बिजलीघर का देवता मानता था। छोटेवाले जेनेरेटर जहाँ जब तब बैठ जानेवाले कमजोर किस्म के डायनुमो थे, वहीं बड़ावाला डायनुमो, भव्य और रोआबदार यंत्र था और अजूमाजी उसकी शांत किस्म की सभी हरकतों पर मोहित था। उसने कभी रंगून में गौतम बुद्ध की बड़ी प्रतिमा देखी थी और वह इस मशीन में वही गरिमा देखता था, बल्कि उससे भी ज्यादा, क्योंकि वह बड़ी मशीन तो जीवंत और गतिशील भी थी। उसकी काली कुंडलियाँ चकरघिन्नी की तरह घूमते नहीं थकती हैं, चमत्कारी घिरनी चुंबकीय पुरजे के चारों तरफ नाचती है और उससे सारा माहौल उजागर रहता है, वाह! उस्ताद होलरॉय के इस सहायक पोह को तो इस मशीन के करिश्मे ने मोहित ही कर लिया था।

अजूमाजी, यानी पोह, अनावश्यक उठा–पटक से बचनेवाला आदमी था। जब उसका उस्ताद शेड से बाहर निकला होता कि वह यार्ड के चौकीदार को फुसलाकर उसके लिए शराब लेने भेज दे, तब पोह चुपचाप उस बड़े जेनेरेटर के सामने बैठकर उसे खामोशी से ताकता रहता, जिसे वह बिजलीघर का देवता मानता था, हालाँकि पोह की जगह उस शेड में न होकर, उससे दूर मशीनों के पीछे तय की गई थी और उसका उस्ताद उसे वहाँ मशीन पर अपना दिमाग लगाते देखकर उसकी पिटाई करता था। उस्ताद ने एक छड़ के आगे ताँबे के तार बाँधकर एक चाबुक जैसा बना लिया था और वही पोह पर बरसानेवाला उसका हथियार हुआ करता था। अकसर अजूमाजी चुपचाप जाकर उस बिजली घर के देवता के सामने खड़ा हो जाता और उसके ऊपर लगी एक शैफ्ट पर, चमड़े की बेल्ट के सहारे घूमते चक्के को देखता रहता। चमड़े की उस बेल्ट के ऊपर एक जगह एक काला धब्बा सा था, जो शायद, बेल्ट पर एक पैबंद की तरह लगाया गया था। घूमती बेल्ट पर वह काला धब्बा, नीचे

से देखे जाते हुए बार-बार नजरों के सामने से गुजरता और अपना पोह उसी को देखने में खो जाता। इस दृश्य को लगातार देखते जाने के दौरान उसके दिमाग में हजारों तरह के खयाल अपनी जगह बनाते रहते। कहते हैं कि जंगली परिवेश में घने पेड़ और पथरीली चट्टानें खुद-ब-खुद उग आती हैं, फिर तो यह मशीन अपने में कहीं ज्यादा वहशियाना ताकत रखती है। इस लिहाज से यह अजूमाजी भी एक बीहड़ जंगली जैसा ही था और उस पर सभ्यता की कलई चढ़नी अभी शुरू नहीं हुई थी। उसके हाव-भाव, उसका पहनावा और उसका चेहरा, यह सब इस बात की गवाही देते रहते थे। पोह के जन्म के पहले उसके पिता ने किसी दैवीशक्ति की उपासना की थी और उस पर रक्त बलि चढ़ाई थी, यह उसी का परिणाम था कि वह जगन्नाथ की कृपा से फलीभूत था।

अजीमजी, कोई भी मौका नहीं छोड़ता था, जो उसके उस्ताद के हुकुम से उसे उस बड़ी मशीन को छूने या उस पर कुछ करने का मिलता था। उसे वह मशीन सम्मोहित करती थी। वह उस मशीन की सतह पर तब तक रगड़ाई करता था जब तक उस पर अपना चेहरा न देखा जा सके। उसे यह सब करने में एक गहरे संतोष का अनुभव होता था। जिन देवताओं की वह पूजा करता आया था, वह सब उससे बहुत दूर थे और लंदन के लोग अपने देवताओं को छिपाकर रखनेवाले थे।

बड़ी मशीन से पोह के इस तन्मय जुड़ाव ने आखिर एक स्पष्ट आकार लेना शुरू किया और फिर वह सोच उसके व्यवहार में उतरने लगा। एक सुबह जब वह इस चीखते-चिल्लाते शेड में काम पर पहुँचा, उसने बाकायदा उस बड़ी मशीन को प्रणाम किया। उसने मौका निकाला और जब उसका उस्ताद होलरॉय कहीं बाहर गया था, पोह उस बड़ी मशीन के पास गया और उसने बहुत धीरे से कहा, ''हे देवता, मैं तुम्हारा दास हूँ, मुझ पर दया करो और मुझे इस राक्षस होलरॉय से बचाओ।''

अपनी इस आराधना के साथ ही अजूमाजी को अपने भीतर और

बाहर एक चमत्कारी प्रकाश का अनुभव हुआ। उसे लगा कि बिजलीघर के देवता का दहाड़ता हुआ वह रूप एक सुनहरी विशालकाय मूर्ति में बदल गया है। उसे विश्वास हो गया कि देवता ने उसकी प्रार्थना को स्वीकार कर लिया है। इस घटना के बाद अजूमाजी को वहाँ रहते हुए उतना अकेलापन नहीं महसूस हुआ, जितना वह पहले करता था। लंदन में तो वह अकेला था ही, इसीलिए काम के घंटे खत्म होने के बाद भी वह इसी शेड में भटकता रहता था, हालाँकि उस्ताद के रहते उसके काम के घंटों का अंत कहाँ था···

अगली बार जब होलरॉय ने उसकी पिटाई की तो वह सीधे बिजली घर के देवता के पास गया और उसने धीमे से कहा, ''देखा तुमने प्रभु!'' और मशीन की गरज में आए एक बदलाव ने पोह तक मशीन का जवाब पहुँचा दिया। उसके बाद जब भी होलरॉय शेड में दाखिल हुआ, वहाँ की आवाज में एक फर्क सी तरंग पैदा हुई और अजूमाजी ने अपने आपसे कहा, 'रक्षा करना प्रभु!' और खुद को धीरज बँधाया कि अभी शायद इसके पाप का घड़ा भरने में देर है। इस तरह अजूमाजी धैर्य से अपने दिन बिताने लगा।

एक दिन दोपहर के समय होलरॉय को मशीन की पड़ताल करते समय बिजली का जबरदस्त झटका लगा। मशीन के पीछे दूर खड़े अजूमाजी ने उसे झटककर दूर जा खड़े होते और दुष्ट तार को गाली देते हुए सुना।

'उसे चेतावनी मिल गई हे प्रभु, तू सचमुच दयालु है।' अजूमाजी ने मन-ही-मन कहा और माथा नवा लिया।

होलरॉय का पहले यह विचार था कि वह धीरे-धीरे अपने सहायक पोह को इस शेड की थोड़ी-बहुत जिम्मेदारी सौंपेगा, लेकिन जब उसने पोह को अकसर उस बड़ी मशीन के आसपास मँडराते देखा तो उसके दिमाग में एक शक घर कर गया कि जरूर पोह कुछ गड़बड़ करने की

फिराक में है। इसी दौर में उसे लगा कि मशीन में लगे बिजली के तारों को तेल से चमकाने की कोशिश में उसने उन पर चढ़ी वार्निश की परत को घिसकर हटा दिया है और वहाँ से किसी को करंट लग सकता है। इस नतीजे पर पहुँचते ही वह गरज उठा था, "खबरदार पोह, अब कभी इस बड़ी मशीन के नजदीक भी मत फटकना, नहीं तो मैं तुम्हारी चमड़ी उधेड़कर रख दूँगा।"

अजूमाजी ने उस समय तो वह बात मान ली, लेकिन एक बार उसे होलरॉय ने मशीन के आगे मत्था नवाते देख लिया। फिर क्या था, वह झपटा और उसने अजूमाजी की बाँहें मरोड़ते हुए उसकी पिछाड़ी पर एक लात जमाई कि अजूमाजी दूर जा गिरा। अब अजूमाजी मशीन के पीछे खड़ा था और आगे खड़े दुष्ट होलरॉय की पीठ उसके सामने थी। मशीन की आवाज अचानक बदल गई थी और उसमें से अजूमाजी ने अपने देश की भाषा में मशीन का बोला गया संदेश पकड़ लिया था।

यह बताना सचमुच बहुत मुश्किल है कि दीवानगी आखिर क्या होती है···और अजूमाजी जैसे सही में पगला गया था। उस शेड में बड़ी मशीन से उठनेवाले फर्क से शंखनाद ने अजूमाजी के भीतर पता नहीं क्या ज्ञान जगा दिया था, एक दैवी सा अलौकिक विचार कि यह बिजलीघर का देवता होलरॉय की बलि माँग रहा है। इस विचार ने उसके भीतर एक अजीब से उल्लास भरे उन्माद का संचार कर दिया था।

उस रात हमेशा की तरह शेड में केवल दो लोग थे और शेड की तेज रोशनी में उनकी काली परछाइयाँ उनके साथ थीं। मशीनों की परछाइयाँ उनके पीछे की तरफ अँधेरे की तरह फैली हुई थीं। मशीनों के पुरजे घूमते हुए अपना अँधेरा-उजाला समेट रहे थे, मशीनों के पिस्टन अपनी नियमित आवाज निकालने में लगे हुए थे। खुले हुए शेड के बाहर की दुनिया जैसे बहुत दूर और धुँधलाई हुई सी दिख रही थी। वहाँ जैसे सन्नाटा छाया हुआ था, क्योंकि शेड के भीतर का शोर बाहर की

किसी भी आहट को वहीं रोक दे रहा था।

उसके आगे शेड को घेरती हुई बाड़ लगी हुई थी, जो अँधेरे में काली आकृति सी नजर आ रही थी। उस बाड़ के दूसरी तरफ घर बने थे और उनके पीछे केवल टिमटिमाते तारों भरा काला आसमान था। अचानक पता नहीं क्या हुआ कि अजूमाजी उठा और शेड के बीच में पहुँचकर बड़ी मशीन के पीछे चला गया, जहाँ मशीन की छाया ने अँधेरा कर रखा था और उसके ऊपर शैफ्ट पर वह चक्का घूम रहा था, जिसकी बेल्ट पर एक काला धब्बा था। तभी होलरॉय ने एक क्लिक की आवाज सुनी और बड़ी मशीन के मुख्य आर्मेचर के घूमने में बदलाव आ गया।

''तुम वहाँ स्विच के साथ क्या कर रहे हो?'' उस्ताद ने हैरत में भरकर पूछा, ''मैंने तुम्हें मना किया था न!''

तभी होलरॉय में बड़ी मशीन की परछाईं के पीछे से अपनी ओर आते हुए अजूमाजी को देखा, जिसके चेहरे पर अजीब सा भाव था। कुछ ही पलों में वह दोनों लोग बड़ी मशीन के सामने आपस में गुत्थमगुत्था होने लगे।

''अरे पैदायशी बेवकूफ आदमी, मशीन के उन बिजली के तारों से दूर हट जाओ।'' होलरॉय चीखा और उसने अपनी गरदन पर से अजूमाजी का हाथ हटाने की कोशिश की और अगले ही पल वह बड़ी मशीन, जिसे अजूमाजी बिजलीघर का देवता कहता था, की लपेट में आ गया। बिजलीघर के देवता ने उसके प्राण ले लिये।

आवाज में बदलाव सुनकर बिजलीघर के ऑफिस से तुरंत एक व्यक्ति भागता हुआ यह देखने आया कि वहाँ क्या गड़बड़ हो गई है। उसने अजूमाजी को शेड के बाहर उस जगह पर खड़ा पाया, जहाँ होने की उसकी ड्यूटी थी। अजूमा ने उस आए हुए आदमी को कुछ बताने की कोशिश की, लेकिन एक हब्शी की अंग्रेजी समझ पाना लंदन के

उस अंग्रेज के बस की बात नहीं थी। वह अजूमाजी को छोड़कर शेड के भीतर दौड़ गया।

वहाँ सबकुछ सामान्य था और बाकी दोनों मशीनें अपने स्वाभाविक शोर के साथ ठीक-ठाक चल रही थीं, बस वहाँ की हवा में कुछ जलने की सी गंध थी। वहाँ पहुँचा हुआ आगंतुक थोड़ा आगे बढ़ा और उसने वहाँ बड़ी मशीन के सामने झुलसा हुआ सा एक पिंड पड़ा देखा। जब वह आगे बढ़कर उस तक पहुँचा तो वह बुरी तरह चौंक गया। उसके सामने क्षत-विक्षत होलरॉय के अवशेष पड़े थे।

वह आदमी घबराहट में पसीने-पसीने हो गया। मृत पिंड का चेहरा देखते ही उसने अपनी आँखें कसकर भींच लीं और तेजी से पलट गया। यह दृश्य देखना उसके लिए इतना असह्य हो गया कि उसने अपनी आँखें, तभी खोलीं, जब वह पलटकर बाहर की ओर चल दिया।

जब अजूमाजी ने होलरॉय को मशीन की जकड़ में आते देखा था तो वह बहुत डर गया था कि अब क्या होगा? लेकिन जल्दी ही उसके मन में इस तसल्ली ने जगह बना ली कि उसके ऊपर बिजलीघर के देवता की कृपा है और उसे कुछ नहीं होगा। जब तक यहाँ से गया हुआ वह आगंतुक स्टेशन मैनेजर के साथ वापस लौटता, अजूमाजी अपनी योजना तय कर चुका था। मैनेजर आया और उसने बिना ज्यादा छानबीन किए यह नतीजा निकाल लिया कि मामला आत्महत्या का है। आगे उसने अजूमाजी से भी बस कुछ रस्मी पूछताछ की, जैसे कि क्या उसने होलरॉय को मारा है? अजूमाजी ने समझाया कि वह बाहर इंजन की भट्ठी की तरफ गया हुआ था और आवाज सुनकर वहाँ पहुँचा। मैनेजर को भी इसमें कोई शक की गुंजाइश नहीं मिली।

होलरॉय के मृत शरीर को वहाँ से कॉफी के दाग पड़े मेजपोश से ढककर ले जाया गया और अब सबसे बड़ी जल्दबाजी इस बात की हो गई कि बड़ी मशीन को चलाया जाए, क्योंकि इसके रुक जाने की वजह

से कई महत्त्वपूर्ण गाड़ियाँ अपनी भूमिगत सुरंगोंवाले रास्ते में जहाँ-की-तहाँ ठहर गई थीं। अजूमाजी अपनी सीमित समझ के आधार पर कुछ अनायास पहुँच गए लोगों के सवालों के जवाब दे रहा था। लंदन में इस तरह अचानक एक दुर्घटना हो जाने की सूचना पाकर बहुत से पत्रकार भी वहाँ घिर आए थे, जिन्हें मैनेजर परे हटाने में लगा था। इस काम में उसे कामयाबी भी मिल रही थी, क्योंकि वह खुद को भी पत्रकारिता में कुछ काबिलीयत रखनेवाला आदमी मानता था।

होलरॉय का मृत शरीर ले जाया जा चुका था और उसके साथ उतावले लोगों की भीड़ भी वहाँ से छँट गई थी। अजूमाजी शांतिपूर्वक अपनी भट्ठी के पास खड़ा था और कोयले के ढेर में उसे होलरॉय की वह आकृति बार-बार नजर आ रही थी, जो एक बारगी बुरी तरह थरथराई थी और फिर जड़ हो गई थी। उस हत्यारी घटना के करीब घंटे भर बाद अगर कोई वहाँ पहुँचता तो उसे कतई पता नहीं लगता कि वहाँ कोई अनहोनी हो चुकी है। भट्ठी के पास अपनी जगह पर खड़ा अजूमाजी लगातार देख रहा था कि बिजलीघर का देवता अपने दोनों छोटे भाइयों के साथ अपने काम में लगा हुआ है। उसके चक्के घूम रहे हैं, पिस्टन अपनी आवाज छोड़ते हुए अपनी गति पर कायम हैं और सबकुछ एकदम वैसा ही है, जैसा शाम को नजर आ रहा था। वैसे भी अगर तकनीकी हिसाब से सोचा जाए तो कुछ बहुत बड़ा हुआ भी नहीं था, बस बिजली की धारा की दिशा उलट गई थी, जो सुधार दी गई। बस छरहरे बदनवाले मैनेजर की छरहरी परछाईं ने होलरॉय की परछाईं की जगह ले ली थी, जो धमकते फर्श के ऊपर शेड की रोशनी में इधर-उधर थिरक रही थी।

'क्या मेरी आराधना में कुछ कमी रह गई है देवता?' अजूमाजी ने अपनी छाया से बोलकर कहा और उसे बड़ेवाले डायनुमो जेनेरेटर का जवाब स्पष्ट सुनाई दिया। उसने एक बार फिर उस बड़ी मशीन की ओर सम्मोहन से भरकर देखा, जो कि होलरॉय की मौत के बाद किंचित्

सुषुप्त हो गया था। उसके पहले अजूमाजी ने कभी किसी इनसान को पलक झपकते इतनी बेदर्द मौत मरते नहीं देखा था। उस बड़ी मशीन ने बस पलभर में अपने अपराधी को बिना किसी आहट के मौत की नींद सुला दिया। सचमुच इस देवता की शक्ति असीम है।

उसी जगह वह मैनेजर अजूमाजी की ओर पीठ किए एक कागज पर कुछ लिख रहा था। उसकी परछाईं उस बड़ी मशीन तक पहुँच रही थी।

'क्या बिजली घर का देवता अभी भी अतृप्त था?' उसका सेवक इस प्रश्न का उत्तर बनने को तैयार था।

अजूमाजी ने एक कदम आग़े बढ़ाया और वह ठहर गया। मैनेजर ने अचानक लिखना बंद किया, वह शेड में बड़ी मशीन की ओर चलता गया और उसने उसमें ब्रशों की स्थिति को गौर से परखना शुरू किया।

अजूमाजी पल भर को ठिठका और फिर दबे कदमों से, बेआवाज, बड़ी मशीन की छाया के पीछे स्विच की ओर बढ़ गया। उसने कुछ देर वहीं इंतजार किया। अब उसे मैनेजर के वापस आते कदमों की आहट सुनाई पड़ रही थी। वह अपनी पुरानी जगह पर ही जमा रहा, इस बात से बेखबर कि बिजली का नंगा तार उससे छू जाने से बस दस फीट दूर है। तभी अचानक बड़ी मशीन शोर करती हुई रुक गई और अजूमाजी अँधेरे से निकलकर झपाक से मैनेजर पर कूद पड़ा। मैनेजर का पूरा शरीर आक्रमणकारी की गिरफ्त में था और वह बड़ी मशीन की ओर धकेला जा रहा था। मैनेजर अपने घुटनों से लगातार वार करता जा रहा था और वह अपने हाथों से हमलावर का सिर नीचे को दबाता जा रहा था। इस जद्दोजहद में उसकी कमर पर से हमलावर की पकड़ छूट गई और वह छिटककर बड़ी मशीन से दूर हो गया। तभी उस काले हब्शी ने मैनेजर को फिर पकड़ लिया और अपने घुँघराले बालोंवाले सिर से उसे फिर मशीन की तरफ धकेलने लगा। पता नहीं यह संघर्ष कितनी देर चला। अचानक मैनेजर

का क्या दाँव लगा कि उस काले हब्शी का कान उसके जबड़े की पकड़ में आ गया और उस हब्शी की चीख निकल गई।

अब वह फर्श पर गुत्थमगुत्था हो रहे थे कि अचानक अजूमाजी का कान मैनेजर के जबड़े से छूट गया और शायद उसके कान का कोई टुकड़ा उसके दाँतों के बीच रह गया। इससे मैनेजर हक्का-बक्का रह गया और उसने तुरंत उसे थूक देना चाहा। इस बीच मैनेजर इस खोज में था कि उसके हाथ कुछ ऐसा आ जाए, जिसे वह निशाना लगाकर हब्शी पर ठोक सके। इसी बीच दोनों को बाहर से किसी के आने की आहट सुनाई पड़ी। इस पर अजूमाजी ने तुरंत मैनेजर को छोड़ा और बड़ी मशीन की ओर दौड़ पड़ा। इस बीच शेड में हो-हल्ला होना शुरू हो गया था।

वह अधिकारी अभी आकर खड़ा ही हुआ था, उसने देखा कि अजूमाजी ने आगे हाथ बढ़ाकर बड़ी मशीन का नंगा तार थाम लिया। इससे उसे करंट का गहरा आघात लगा और देखते-ही-देखते वह वहीं मशीन पर ढह गया। करंट के आघात ने उसका चेहरा एकदम झुलसाकर रख दिया था।

मैनेजर अभी भी फर्श पर पड़ा था और अपने ऑफिसर को देखकर खुश हो गया, "ओह आप कब आए, लेकिन आपने आकर मुझे बचा लिया।"

और तभी मैनेजर ने सिर घुमाकर अजूमाजी की ओर देखा और भयंकर रूप से सिहर गया।

"ओह, ऐसी मौत मरना तो बहुत बुरा है, लेकिन अचानक, इतनी जल्दी…"

वह ऑफिसर अभी भी भौंचक अजूमाजी की ओर देख रहा था। उसे चीजें जरा देर से समझ में आती थीं।

चारों ओर स्तब्धता छाई हुई थी।

मैनेजर फुरती से उठकर खड़ा हो गया। उसने अपना हाथ अपने कॉलर पर फेरा, जो उस हब्शी की पकड़ में था। उसने अपना सिर कई बार जोर से झटका।

"बेचारा होलरॉय···मुझे मामला अब समझ में आ रहा है।"

उसके बाद वह तेजी से बड़ी मशीन के पीछे, अँधेरे में स्विच की ओर गया और उसने उस स्विच को ऑन कर दिया। बिजली का करंट फिर रेलवे की ओर बहने लगा। स्विच दबते ही मशीन की गिरफ्त से अजूमाजी का शरीर छूटा और मुँह के बल फर्श पर गिर गया। मशीन ने फिर अपना शोर भरा संगीत शुरू कर दिया, जो हवा को चीरता हुआ सब तरफ फैलने लगा।

इस तरह बिजलीघर के देवता की आराधना असमय पूरी हुई, जिसे शायद किसी भी धर्म की पूजा के मुकाबले सबसे कम वक्त मिला। इसके बावजूद यह तो कहा ही जा सकता है कि यह शहादत या आत्म-बलि की बड़ी कहानी बन गई।

□

जादुई खिलौनों की दुकान

एच.जी. वेल्स की कलम से निकली 'द मैजिक शॉप' शीर्षक से यह कहानी एक फंतासी के रूप में मशहूर हुई। इसका सबसे पहले प्रकाशन जून 1903 में 'द स्ट्रेंज' मैग्जीन में हुआ और 1913 तक यह कहानी इतनी मशहूर हो गई कि इसे उनके बहुत प्रतिष्ठित संकलन 'द कंट्री ऑफ द ब्लाइंड एंड अदर स्टोरीज' में स्थान मिला। विज्ञान कथाओं के लेखक का इस रूप में भी कल्पनाशील होना अचंभित करता है।

जादुई खेलों की इस दुकान को मैंने दूर से कई बार देखा और एकाध बार तो मेरा उसके सामने से भी गुजरना हुआ। बाहर से उस दुकान की अलमारियों में तमाम तरह के ऊटपटाँग सामान का नजारा देखा जा सकता है। जादुई गेंद, जादुई मुरगी, अजीब सी दिखनेवाली आकृतियों के ठोस पिंड, बोलनेवाली गुड़ियाँ, टोकरी में से करिश्माई चीजें निकलने का सामान, जादू दिखा सकनेवाले ताश की गड्डी, जो वैसे देखने में एकदम मामूली लगे और दूसरी न जाने क्या-क्या चीजें···कई बार दूर से देखते हुए गुजरने के बावजूद मेरे मन में कभी यह खयाल नहीं आया कि एक बार भीतर जाकर देखूँ···और उस दिन वह मौका आया भी तो एकदम अचानक।

उस दिन मेरा बेटा गिप मेरे साथ था और उसी ने मेरी उँगली पकड़कर मुझे उस दुकान के सामने लाकर खड़ा कर दिया था और अब

इस बात के सिवाय कोई चारा नहीं था कि मैं उसके साथ दुकान के अंदर चला जाऊँ। मैंने रीजेंट स्ट्रीट पर कभी ऐसी दुकान की कल्पना भी नहीं की थी, जिसके एक ओर फोटोग्राफर की दुकान थी और दूसरी ओर एक पोल्ट्री। लेकिन उस वक्त तो ऐसी दुकान ठीक मेरी आँखों के सामने थी। वह ठीक ऑक्सफोर्ड स्ट्रीट के नुक्कड़ से लगी हुई, जहाँ से होलबोर्न का रास्ता जाता है। हमेशा आँख के आगे से वह दुकान बिना कोई स्पष्ट पहचान दर्ज किए किसी छाया की तरह गुजर जाती थी, लेकिन आज उसका होना एकदम साफ था, जो और भी जाहिर तब हो गया, जब मेरे बेटे गिप ने अपनी उँगलियों से दुकान के शीशे के दरवाजे को थपथपाया।

"अगर मेरे पास बहुत पैसे होते तो मैं इसे खरीद लेता।" गिप ने एक गायब हो जानेवाले अंडे की ओर इशारा करते हुए और कहा और साथ ही उस रोने की आवाज निकालनेवाले गुड्डे की ओर ललचा उठा। सचमुच वह गुड्डा बहुत सजीव दिखनेवाला खिलौना था। तभी बहुत रहस्यमय ढंग से एक कार्ड सामने आ गया, जिस पर लिखा था—एक खरीदो और अपने दोस्तों को हैरत में डाल दो। गिप अपने चारों ओर बहुत कुछ देखकर पगलाया हुआ सा था।

एक खोखले शंकु को देखकर वह अपने आप से बोल उठा, 'मुझे पता है, इस शंकु के नीचे कुछ भी रखोगे तो वह चीज गायब हो जाएगी।'

"...और वो पापा, गायब हो जानेवाला सिक्का...देखो, ऐसे रखा गया है कि पता नहीं चलता कि यह करिश्मा होता कैसे है।"

मेरा बेटा गिप इस मामले में बिल्कुल अपनी माँ पर गया है। वह किसी दुकान में घुसने के पहले कुछ पूछने कहने में विश्वास नहीं करता। उसने तो बस मेरी उँगली थामी और मुझे उस दुकान के भीतर ठीक वहीं ले गया, जहाँ उसका मन था।

"वो देखो!" उसने कहा और अपनी उँगली से एक जादुई बोतल की ओर इशारा किया।

"इसका तुम क्या करोगे?" मैंने उससे पूछा।

मेरे सवाल से उसके चेहरे पर एक चमक आ गई।

"मैं इसे जेसी को दिखाऊँगा।"

"गिप, अब तो तुम्हारा जन्मदिन बस कुछ ही दिन दूर है।" मैंने उसे जरा बहलाने के लिए कहा। लेकिन इसका उस पर कोई असर नहीं हुआ। उसने मेरी उँगली पर अपनी पकड़ मजबूत की और दुकान के कुछ और अंदर आ गया। वह कोई साधारण दुकान नहीं थी। वह जादुई खिलौनों की दुकान थी और गिप को उसमें मगन हो ही जाना था। वहाँ पहुँचकर उसने मुझसे बातचीत का सिलसिला भी रोक दिया।

उस सँकरी सी दुकान में रोशनी जरा मंद थी और उसके दरवाजे की घंटी एक उदासी भरे से स्वर में बजती थी। कुछ देर के लिए हम वहाँ अकेले खड़े रह गए थे। वहाँ के नीची छतवाले काउंटर के पास काँच के केस में एक कागज की लुगदी का बना हुआ एक चीता रखा था, जिसकी काँच की आँखें डरावनी लग रही थीं और वह उसका सिर किसी मशीनी तरीके से हिलता हुआ दिख रहा था। वहाँ बहुत से काँच के गोले सजे हुए थे, मानव मूर्तियाँ थीं, जिनके हाथों में तरह-तरह के कार्ड दिख रहे थे। अलग-अलग आकार के जार थे, जिनमें जादुई मछलियाँ नजर आ रही थीं और तरह-तरह के जादुई टोप थे, जो टँगे हुए थे।

फर्श पर अलग-अलग ढंग के आईने रखे हुए थे। किसी में आदमी की छाया बेतुके ढंग से लंबी और सींकिया दिखती थी तो किसी में आप एकदम बौने नजर आते थे। यह सब आईने हमारी आकृति को अपनी-अपनी तरह से अजीब बनाकर दिखा रहे थे, जिन्हें देखकर अपनी हँसी रोक पाना संभव नहीं था। हम अभी उन आईनों के सामने ही थे और

हँसी से लोटपोट हो रहे थे, तभी उस दुकान का सेल्समैन वहाँ आकर खड़ा हो गया। वह भी एक अजीब ही इनसान था। पक्का काला रंग था उसका, एक कान दूसरे से बड़ा था और उसकी ठुड्डी कलम की निब की तरह नुकीली थी।

''आपको क्या खास चीज दिखाई जाए, जनाब?'' उसने अपनी लंबी बाँहों को चारों तरफ लहराते हुए हमसे पूछा और तभी हमें उसके वहाँ होने का एहसास हुआ।

''मुझे अपने बेटे के लिए कुछ मजेदार, लेकिन आसान सी जादुई चीज दिखाइए!'' मैंने कहा।

''मशीनी या घरेलू टाइप?'' उसने पूछा।

''कैसी भी, लेकिन मनोरंजक होनी चाहिए।'' मैंने जवाब दिया।

''हूँ...'' उसने अपना सिर खुजाते हुए आवाज निकाली, मानो कुछ सोच रहा हो और फिर अचानक फुरती से, वह अपनी हथेली में एक काँच की गेंद ले आया और उसे हमारी तरफ बढ़ा दिया।

''कुछ ऐसा ही पसंद है?'' उसने हमसे पूछा।

उसकी यह हरकत हमें भौंचक करनेवाली थी। अलग-अलग तमाशाइयों से मैंने ऐसे खेल पहले न जाने कितनी बार देखे थे। दरअसल, यह बहुत मामूली किस्म का खेल है, लेकिन यहाँ मैंने ऐसा सोचा भी नहीं था।

''अच्छा है।'' मैंने कहा और हँस भी पड़ा।

''है न!'' सेल्समैन ने मुसकराते हुए पूछा।

इस बातचीत से बेखबर गिप ने हाथ बढ़ाकर सेल्समैन की हथेली से वह काँच की गेंद लेनी चाही, लेकिन उसके हाथ तो खाली थे।

''वह गेंद तुम्हारी जेब में है।'' सेल्समैन ने जवाब दिया और गेंद सचमुच गिप की जेब में थी।

''इसकी कितनी कीमत हुई?'' मैंने पूछा।

"हम इन काँच की गेंदों का कोई पैसा नहीं लेते। यह तो हमें यूँ ही मिलती हैं।" और उसने एक वैसी ही गेंद अपनी कोहनी से निकालते हुए अपनी बात पूरी की, "ऐसे, एकदम मुफ्त।" कहने के साथ ही उस आदमी ने अनायास काँच की एक गेंद अपनी गरदन के पीछे से निकाली और सामने काउंटर पर रख दी।

गिप ने अपने पास जेब में रखी गेंद को बहुत नायाब चीज की तरह सहेजा हुआ था और अब उसकी नजर उन सामने रखी दोनों गेंदों पर से घूमती हुई सेल्समैन पर आकर टिक गई।

सेल्समैन मुसकराया, "यह दोनों गेंदें उठा लो, अरे एक और भी लो!" और उस आदमी ने एक गेंद अपने मुँह से भी निकालकर गिप को थमा दी।

गिप ने शांत नजर से मेरी ओर देखा और फिर उतनी ही खामोशी से वह दोनों काँच की गेंदें उठा लीं। अब उसके पास चार गेंदें थीं। अब गिप ने मेरी उँगली थामी और अपने आगे के अभियान पर चल पड़ा।

सेल्समैन हमारे साथ था और उसने इशारे से बताया कि इस तरह की और भी छोटी-मोटी मजेदार चीजें दुकान के उस हिस्से में मिलेंगी। यहाँ आना किसी बड़े स्टोर में जाने के मुकाबले सुविधाजनक है।

मैं हँस पड़ा और मैंने उसकी बात में जोड़ा, "और सस्ता भी।"

चलते-चलते उस सेल्समैन ने मुझे समझाने की कोशिश की कि उसे अपनी दुकान का लगभग सारा सामान अपने जादुई हैट से ही मिल जाता है और यह भी कि हमारी दुकान जैसा असली जादुई सामान रखनेवाला कोई बड़ा स्टोर है ही नहीं। आपने हमारे बोर्ड पर भी पढ़ा होगा—'असली जादुई चीजों की दुकान' और अपनी बात कहते-कहते उसने अपना गाल थपथपाया और वहाँ से एक बिजनेस कॉर्ड उठाकर मुझे थमा दिया। उस कॉर्ड पर भी 'असली' लिखा हुआ था। उस आदमी ने उस असली शब्द पर उँगली रखकर मुझे दिखाया और भरोसा

दिलाया कि इसमें कोई जादूगरी नहीं है।

मैंने मन-ही-मन सोचा—यह आदमी ऐसे बात करने में खासा माहिर है।

फिर वह सेल्समैन गिप की ओर घूमा और उसने गिप से कहा, "तुम्हें पता है, तुम एक बहुत अच्छे और समझदार बच्चे हो?"

मुझे बहुत हैरत हुई कि यह बात इस सेल्समैन को कैसे मालूम है, जबकि हम लोग घर पर भी इस बात का ज्यादा शोर नहीं करते हैं, ताकि बच्चा बिगड़ न जाए···गिप ने इस बात को लगभग अनसुना करते हुए आगे जाना जारी रखा।

इस पर उस आदमी ने अपनी अगली बात कही, "उस दरवाजे के केवल तुम्हारे जैसे बच्चे ही भीतर आ सकते हैं और कोई दूसरा नहीं। अगर कोई गंदा बच्चा उस दरवाजे से आने की कोशिश करता है तो दरवाजा अकड़ जाता है और बच्चे को आने नहीं देता। बच्चा जब परेशान होता है तो उसके माता-पिता को उसे बताना पड़ता है कि यह दरवाजा बंद है।"

"अरे नहीं, ऐसा कैसे हो सकता है?" मैंने अविश्वास से कहा।

"ऐसा ही है।" उस आदमी ने जोर देकर कहा, "शैतान और बिगड़ैल बच्चों के लिए ऐसा ही करना पड़ता है।"

तभी उस सेल्समैन ने दरवाजे की ओर इशारा करके मुझे दिखाया। एक छोटा, गोरा अंग्रेज लड़का दरवाजे पर खड़ा मिठाई चाट रहा था। जरूरत से ज्यादा चटोरेपन के कारण उसका शरीर बेडौल हो गया था और अपने एक हाथ से वह दरवाजा ऐसे पीट रहा था, मानो उस पर किसी बुरी आत्मा का साया आ गया हो, लेकिन दरवाजा खुलने का नाम नहीं ले रहा था। उस असहाय से दृश्य को देखकर मैं उस ओर बढ़ा तो उस सेल्समैन ने मुझे समझाया, इसका कोई फायदा नहीं है सर, ऐसे बदहाल बच्चे के लिए दरवाजा बिल्कुल ही नहीं खुलेगा।

''तुम यह कैसे करते हो भाई?'' मैंने हैरत से बेहाल होते हुए उससे पूछा।

''जादू है।'' उस आदमी ने दो शब्द बोलकर अपना हाथ लापरवाही से हवा में लहराया और उसकी उँगलियों से रंग-बिरंगी चिनगारियाँ फुलझड़ी की तरह ऐसे छिटक गईं कि दुकान की दीवारों पर उनके रंग चमके और बुझ गए।

अब वह सेल्समैन गिप की ओर घूमा, ''दुकान में घुसते समय तुम कह रहे थे कि तुम हमारे उस बॉक्स को देखना चाह रहे थे, जिसके बारे में लिखा था कि खरीदो और अपने दोस्त को अचंभे में डाल दो।''

जरा कुछ सोचकर गिप ने 'हाँ' में उत्तर दिया।

''वह तुम्हारी जेब में है।'' सेल्समैन ने आराम से जवाब दिया।

फिर वह काउंटर पर झुका और उसका कद और शरीर बहुत लंबा हो आया। उसने हवा में हाथ बढ़ाकर कोई चीज अपनी मुट्ठी में ली और हमारे सामने पेश कर दी। उसके मुँह से एक शब्द निकला 'कागज' और अपने हैट से उसने कागज निकाल लिया। फिर उसने बोला 'धागा' और अपने मुँह से वह खींच-खींचकर धागा निकालने लगा और सामान को पैक करने लगा। ऐसा लग रहा था कि उसने धागे का पूरा गुल्ला ही मुँह में दबा रखा हो। फिर उसने मोमबत्ती को एक बोलनेवाले पुतले की नाक से छुआया और मोमबत्ती जल उठी। फिर हमने देखा कि उस सेल्समैन की उँगलियाँ ही पार्सल सील करनेवाली लाल लाख बन गईं और वह उससे पैक किए गए पैकेट्स को सील करता गया। फिर उसने कहा, 'गायब हो जानेवाला अंडा भी तो था।' और उसे मेरे कोट की अंदर की जेब से वह अंडा मिल गया। वह भी पैक किया गया। फिर उसने वह 'रोने की आवाज निकलनेवाला गुड्डा' लिया, जो बेहद सजीव दिख रहा था। उसे भी पैक किया। एक-एक करके सारे पैक किए गए पार्सल गिप के पास पहुँचते गए और गिप उन्हें थामकर अपने

सीने से सटाकर सँभालता रहा।

वह एकदम शांत था, लेकिन उसकी आँखें चहक रहीं थीं। उसकी बाँहों के बीच खुशी का खजाना था और चेहरे पर अलग-अलग तरह के भाव तैर रहे थे। वहाँ सचमुच असली जादू का रंग था।

तभी जब मैं बिल्कुल चलने को हुआ, मुझे अपने हैट में कुछ मुलायम सी फुदकन महसूस हुई। मैंने अपने हैट को उतारकर झटक दिया तो उसमें से एक कबूतर निकला और मैंने देखा कि वह काउंटर की ओर उड़ा और कागज की लुगदी से बने चीते के पीछे जाकर एक गत्ते के डिब्बे में छिप गया।

''हट···हट···'' उस सेल्समैन ने मेरे हैट से उस परिंदे को भगाने का उपक्रम किया, ''चंचल पक्षी है।''

उसने मेरे हैट को लेकर उसे दो-तीन झटके दिए। उसमें से तीन अंडे निकले, एक बड़ा कंचा निकला, एक घड़ी, करीब छह-सात काँच की गोलियाँ, तुड़े-मुड़े कागज के टुकड़े और बहुत सी चीजें मेरे हैट से निकलती आ रही थीं और वह आदमी लगातार बोले जा रहा था, ''लोग अपने हैट तक साफ-सुथरे नहीं रखते, पता नहीं क्या-क्या कूड़ा-कचरा इसमें भरकर रखा है?'' उसके शब्दों में नम्रता थी, लेकिन वह मुझे अभद्र-अशिष्ट ठहराता जा रहा था, ''अपने हैट में क्या-क्या जमा कर रखा है सर,? केवल आप ही नहीं, सर, सभी ग्राहकों का एक जैसा ही हाल है।'' वह बोले जा रहा था चीजें हैट में से निकलकर गिरती जा रही थीं और उनका ढेर लगता जा रहा था।

''कोई नहीं जानता सर कि इनसान अपनी सफेदपोशी के नीचे क्या-क्या छिपाए रहता है, जैसे कि वह एक सजी-सँवरी कब्र हो, जिसके नीचे बहुत कुछ दफन है।''

अचानक उसकी आवाज थम गई जैसे कि किसी ने बजते हुए ग्रामोफोन पर पत्थर मार दिया हो। उसी समय हैट से गिरते हुए सामान

और कागजों की आहट भी थम गई। एकदम सन्नाटा छा गया, चारों ओर गहरी स्तब्धता।

"मेरे हैट का काम हो गया?" कुछ पल ठहरकर मैंने पूछा।

मुझे कोई जवाब नहीं मिला।

मैंने गिप की ओर देखा और गिप ने मेरी ओर। जादुई आईने में हमारे विकृत बेडौल प्रतिबिंब नजर आ रहे थे, जो बहुत ही अजीब थे—एकदम खामोश और जैसे गमगीन।

"मैं कहता हूँ, अब हमें जाना चाहिए।" मैंने उस सेल्समैन से जरा तेज आवाज में कहा, "हमारा बिल बताइए और कृपया मेरा हैट मुझे वापस दीजिए।"

"वो तो आपके पीछे सामान के ढेर में कहीं दबा पड़ा होगा।"

"पीछे जाकर देखो, गिप। यह आदमी तो हमारा मजाक उड़ा रहा है।" मैंने खीझकर कहा। और गिप के साथ उधर बढ़ चला जिधर वह सिर हिलाता हुआ चीता रखा हुआ था। क्या कोई सोच सकता है कि वहाँ काउंटर के पीछे क्या होगा?

कुछ भी नहीं था बस, मेरा हैट फर्श पर पड़ा था और एक खिलौना खरगोश साथ में ऐसे रखा था, मानो किसी ध्यान में लीन हो। मैंने अपना हैट आगे बढ़कर उठा लिया और मैंने देखा कि वह खरगोश भी मेरे साथ फुदकता-फुदकता आ गया।

"पापा!" गिप की भाव-विभोर आवाज मुझे सुनाई पड़ी।

"क्या हुआ?" मैंने पूछा।

"यह दुकान मुझे बहुत अच्छी लग रही है पापा।"

'मुझे भी।' मैंने मन-ही-मन में कहा, 'बशर्ते, यह जादुई काउंटर खिसककर हमारा दरवाजा न बंद कर दे।' मैंने गिप से इस बारे में कुछ नहीं कहा।

"पूसी!" उसने अपना हाथ बढ़ाकर उस खरगोश को इशारा किया,

जो हमारे साथ फुदकता हुआ आ रहा था, "पूसी, गिप को जादू करके दिखाओ!"

खरगोश घूमकर उधर गया, जिधर एक दरवाजा था, जो मुझसे अभी तक अनदेखा रह गया था। तभी वह दरवाजा खुला और वह सेल्समैन, जिसका एक कान दूसरे कान से बड़ा था, उस दरवाजे से हमारे सामने आ गया। वह अभी भी मुसकरा रहा था, लेकिन जब मेरी नजर उससे मिली तो मैंने देखा कि उसकी नजर में हँसी के साथ थोड़ी चुनौती भी थी।

"आपको अपना शो-रूम दिखाता हूँ सर।" उसकी आवाज में एक लुभाने जैसा भाव था।

गिप ने आगे बढ़कर मेरी उँगली पकड़ ली। मैंने काउंटर की ओर देखा और मेरी नजर उस सेल्समैन से फिर मिली। उसका जादू कुछ ज्यादा ही असर दिखाने लगा था।

"हमारे पास ज्यादा समय नहीं है।" मैंने अपनी बात कही, लेकिन वाक्य पूरा होने तक मैं उस शोरूम के भीतर कदम रख चुका था।

"यहाँ सारी चीजें लाजवाब हैं।" उस सेल्समैन ने कहा, "माफ कीजिएगा, सर, यहाँ कोई भी सामान ऐसा नहीं है, जो असल जादुई न हो और आपको ठहरकर देखने को मजबूर न कर दे।"

तभी मुझे महसूस हुआ कि उस आदमी ने मेरे कोट की बाँहों से निकलती हुई किसी चीज को लपका। फिर मैंने देखा कि उसने पूँछ से एक साँप जैसे किसी छटपटाते जीव को पकड़ा हुआ था, जो उस आदमी की पकड़ से छूटने के लिए जूझ रहा था। फिर उस आदमी ने उस जीव को लापरवाही से घुमाकर काउंटर की ओर उछाल दिया। इसमें कोई शक नहीं कि वह साँप जैसा जीव असलियत में कोई रबर का खिलौना रहा होगा, लेकिन जिस ढंग से उस आदमी ने झपटकर उसे थाम रखा था, उससे लगता था कि उसे जहरीले डंकवाले जानवरों

से निपटने में महारत हासिल है।

मैंने फिर गिप की ओर देखा, लेकिन गिप का ध्यान झूलनेवाले जादुई घोड़े की ओर था। मुझे तसल्ली हुई कि गिप ने उस लपलपाते साँप जैसे जीव को नहीं देखा। मैंने जरा धीमी आवाज में उस सेल्समैन से यूँ ही पूछ लिया, "आपके पास इस तरह के अजूबे और भी हैं क्या?" मेरी आँख के सामने गिप और वह फड़फड़ाता हुआ जानवर अभी तक ठहरा हुआ था।

"वह हमारा नहीं था। शायद आपके साथ आया होगा।" उस सेल्समैन ने वैसे ही दबे स्वर में जवाब दिया, लेकिन यह बताते समय उसकी मुसकान पहले के मुकाबले कहीं ज्यादा गहराई भरी थी, "हैरत है, लोग न जाने कैसी-कैसी बलाएँ अपने साथ लिये चले आते हैं और ऊपर से अनजान भी बनते हैं।" फिर वह गिप से पूछने लगा, "तुम्हें और कुछ मनचाहा लग रहा है यहाँ?"

गिप तक सेल्समैन का सवाल पहुँचा और उसने जवाब में अपनी जिज्ञासा रख दी। उसकी आवाज में आत्मविश्वास भी था और उस आदमी के लिए सम्मान भाव भी, "क्या वह एक जादुई तलवार है?"

"हाँ, एक जादुई तलवार। यह न मुड़ती या टूटती है और न ही यह खेलनेवाले की उँगलियाँ घायल करती है। यह तलवार किसी भी अठारह साल से कम उम्र के खिलाड़ी को लड़ाई में अदृश्य बनाए रखती है। इस की कीमत इसके आकार के मुताबिक, आधे क्राउन से लेकर छह पेंस तक है। नन्हे लड़ाकुओं के लिए यहाँ एक कवच भी है, जो उन्हें सुरक्षित रखता है। साथ में यह खास जूते हैं, जो लड़ाकू को फुरतीला बनाते हैं। एक हेलमेट भी यहाँ है, जिसे पहनकर बच्चे अदृश्य हो जाते हैं।"

"ओह पापा!" गिप खुशी से उत्तेजित हो उठा।

मैंने कोशिश की कि मुझे इन चीजों की कीमत पता चले, लेकिन

सेल्समैन ने मुझे अनसुना कर दिया। अब उस आदमी ने गिप की ओर रुख किया और गिप ने भी बढ़कर उस सेल्समैन की उँगली थाम ली। उन दोनों में मुझे नया जोश नजर आया और वह सेल्समैन अपने इस अभियान पर निकल पड़ा कि वह गिप को अपनी दुकान का सारा जादुई सामान दिखाकर ही छोड़ेगा। उस आदमी के हाव-भाव से मेरे मन में थोड़ी घबराहट पैदा हुई और जरा झुँझलाहट कि गिप ने ऐसे मेरी उँगली छोड़कर उस आदमी के साथ जाना मंजूर कर लिया। इसमें कोई शक नहीं था कि वह सेल्समैन एक खुशनुमा इनसान था और उसकी दुकान बहुत से रोचक और अचरज में डाल देनेवाले सामान से भरी हुई थी।

बिना कुछ कहे मैं उनके पीछे-पीछे चलता रहा। वह दोनों पूरी तरह मेरी निगरानी में बने हुए थे। कुछ भी हो, गिप को तो इस सब में मजा ही आ रहा था और यह मुश्किल नहीं था कि जब भी चाहें, हम वहाँ से चले जाएँ।

उस दुकान का शोरूम एक घूमने लायक जगह थी। उसकी गैलरी में जगह-जगह स्टैंड और स्टॉल सजे हुए थे। गैलरी को खंभों और मेहराबों से खूबसूरत रूप दिया गया था और एक डिपार्टमेंट से दूसरा डिपार्टमेंट बहुत सलीके से जुड़ा हुआ था। बीच-बीच में हमारी सहायता के लिए लोग भी थे, जो हमें देखकर हार्दिक स्वागत व्यक्त कर रहे थे। हमारी टेढ़ी-मेढ़ी बेढंगी छवि दिखानेवाले आईने तो लगे ही थे, जो बेहद मनोरंजक थे, इतने कि उन्हें देखते हुए मैं वह दरवाजा ही खोज नहीं पा रहा था, जहाँ से हम आए थे।

सेल्समैन ने गिप को बिना चाभी भरे या बिना किसी और सामान्य तरीके से चलनेवाली रेलगाड़ी दिखाई। यह रेलगाड़ी एकदम सजीव दिखनेवाले सैनिकों के जरिए चलती-रुकती थी। एक खास बॉक्स था, जिसका ढक्कन खोलने पर उसमें से एक सैनिक निकलता था। उस सैनिक से एक खास शब्द बोलना पड़ता था, जिससे गाड़ी नियंत्रित होती

थी। उस शब्द का उच्चारण मेरे लिए बेहद कठिन था, लेकिन आश्चर्य, गिप ने फौरन एक बार में उन्हें समझ लिया और वह उससे गाड़ी का आनंद ले सकने लगा।

"शाब्बाश गिप!" उस आदमी ने गिप की दिल खोलकर तारीफ की।

"क्या तुम यह बॉक्स लेना चाहोगे?" उस सेल्समैन ने गिप से पूछा।

"जरूर, लेकिन इसे लेने के लिए तो बहुत अमीर होने की जरूरत है।" मैंने कहा। मेरा आशय था कि यह तो एक महँगा सामान होगा।

"अरे नहीं हुजूर, कतई नहीं।" और अपनी बात कहते-कहते सेल्समैन ने उस बॉक्स को हवा में लहराया और वह बॉक्स खूबसूरत के कागज में पैक होकर सामने आ गया, जिस पर गिप का पूरा नाम और पता लिखा हुआ था।

इस नजारे ने मुझे पूरी तरह चकित कर दिया था, जिसका भाव शायद मेरे चेहरे पर बहुत स्पष्ट उभर आया था। उस सेल्समैन ने मेरा चेहरा देखा और हँस पड़ा, "एकदम सच्चा जादू है, सर, बिल्कुल असली!"

"सचमुच मजा आ गया।" मैंने फिर कहा।

फिर वह सेल्समैन एक के बाद एक नए-पुराने जादुई खेल गिप को दिखाने लगा। कुछ जादू तो बहुत ही अजीब थे। वह उन्हें उलट-पलटकर दिखता जा रहा था, उनके बारे में समझाता जा रहा था। उसके पास एक नन्हा गुड्डा था, जो बीच-बीच में किसी समझदार-सयाने इनसान जैसे अपना सिर हिलाता जा रहा था।

अब इस खेल-तमाशे के क्रम में मेरा ध्यान जरा इधर-उधर हो गया था तो उस सेल्समैन ने तीन बार कहा, 'हैलो!' उसके तुरंत बाद उस गुड्डे की ओर से एक महीन सी, लेकिन साफ आवाज सुनाई पड़ी,

'हैलो···हैलो···हैलो···' लेकिन मेरा ध्यान तो किसी दूसरी ही बात में उलझा हुआ था। हमारी हलचल के अलावा और अपनी भव्यता के बावजूद वह जगह कितनी स्तब्ध और ठहरी हुई सी थी। एक सन्नाटा जैसा था वहाँ, जो सारी हलचल को सोख ले रहा था। एक सर्पिल आकार का कौर्निस था, जिस पर अलग-अलग तरह के मुखौटे टँगे हुए थे। वह मुखौटे अपनी सजावट से तो खूब थे, लेकिन वहाँ ठहरी एक एकरसता को बढ़ा ही रहे थे।

अचानक मेरा ध्यान एक बेहद बेढंगे दिखते कर्मचारी की ओर गया। वह मेरे वहाँ होने की तरफ से पूरी तरह बेखबर था। उसके कद का तीन-चौथाई हिस्सा खिलौनों के एक ढेर से ऊपर निकला हुआ था और वह एक मूर्ति की तरह एक खंभे पर झुककर खड़ा था और उसका पूरा वजूद एक भयावहता पैदा कर रहा था। सबसे ज्यादा खौफ उसके चेहरे पर उसकी नाक से पैदा हो रहा था। पहले तो लगा कि वह कुछ मजाकिया दिखने की कोशिश में है, लेकिन फिर उसकी नाक एक लाल, लचीली छड़ी की तरह लंबी होती चली गई। ऐसा उसने कई बार किया।

मेरे दिमाग में तुरंत यह खयाल आया कि यह दृश्य गिप को नजर नहीं आना चाहिए। मैं गिप की ओर घूमा और मैंने देखा कि गिप अपने में मस्त उस सेल्समैन के साथ लगा हुआ है। वह दोनों मेरी तरफ देखते हुए, आपस में फुसफुसाकर कुछ बातें कर रहे थे। गिप एक स्टूल पर खड़ा था और सेल्समैन अपने हाथ में एक बड़ा सा, ढोलकी जैसा ड्रम लिये हुए था।

"लुका-छिपी का खेल पापा।" गिप उत्तेजना में चिल्लाया, "देखो!"

और इसके पहले मैं इसमें कुछ हस्तक्षेप कर सकूँ, उस सेल्समैन ने वह बड़ा सा ड्रम गिप के ऊपर उलट दिया।

यह ठीक मेरी आँखों के सामने हुआ—"यह ड्रम उठाओ!" मैं

चीखा। ''अभी, तुरंत, तुम मेरे बच्चे को डरा दोगे, हटाओ यह ड्रम।!''

उस छोटे-बड़े कानवाले आदमी ने तुरंत ड्रम हटाया और मुझे दिखाया, उसमें कुछ नहीं था और सामने रखा स्टूल एकदम खाली था। देखते-देखते, मेरा बच्चा गायब हो गया था।

आप जानते ही हैं कि ऐसे अशुभ अनिष्टकारी क्षण अचानक दबे पाँव, बेआवाज ही प्रकट होते हैं और आपका कलेजा मुँह को आ जाता है। तब आपकी सिट्टी-पिट्टी गुम होती है, अकल काम नहीं करती, आप बेहद तनाव से घिरकर जैसे पथरा जाते हैं। न गुस्सा, न आवेश। उस समय बस मेरी हालत ऐसी ही हो गई।

कुछ देर की स्तब्धता के बाद, मैं तेजी से आगे बढ़ा और मैंने उस खीसें निपोरते सेल्समैन के सामने रखे स्टूल पर कसकर एक लात जमाई।

''बंद करो यह तमाशा···!'' मैंने तमतमाकर कहा, ''कहाँ है मेरा बेटा?''

''आप खुद देखिए···!'' उस आदमी ने कहा और वह खाली ड्रम मुझे दिखा दिया, ''कोई धोखा नहीं है, सर!''

मैं हाथ बढ़ाकर उस आदमी की ओर झपटा, लेकिन उसने फुरती से कलाबाजी खाकर मुझे गच्चा दे दिया। फिर एक बार मैंने उसे लगभग पकड़ ही लिया था, लेकिन वह मेरी गिरफ्त से छूटा और उसने भाग निकलने के लिए सामने दिखता दरवाजा धकियाकर खोल लिया।

''रुक जाओ।'' मैं चीख उठा।

वह जोर से हँसा।

मैं तेजी से उस पर झपटा और यकायक मेरी आँखों के आगे अँधेरा छा गया।

''धाड़।''

''ओ माई गॉड! सॉरी सर, मैं आपको आते हुए नहीं देख पाया···माफ···''

मैं रीजेंट स्ट्रीट पर था और एक भले आदमी से टकरा गया था। मुझे बस कुछ ही हाथ की दूरी पर हकबकाया परेशान सा गिप खड़ा था। उसके बाद उस आदमी और मेरे बीच क्षमा-याचना जैसी कुछ बातचीत हुई। गिप सहज होता हुआ मेरे पास आकर खड़ा हो गया। स्पष्ट है कि पहले वह बहुत घबरा गया था।

गिप अपने हाथ में चार पैकेट थामे हुए था और उसने फिर तुरंत ही मेरी उँगली पकड़ ली।

कुछ देर के लिए मैं बिल्कुल खो गया था। मैंने वहीं खड़े-खड़े जादुई दुकान के उस दरवाजे को देखने की कोशिश की, जहाँ से वह सेल्समैन भागा था। आश्चर्य...सचमुच आश्चर्य! वहाँ पर न तो कोई दरवाजा था, न ही जादुई सामान की दुकान। बस सामने फोटोग्राफर की दुकान नजर आ रही थी, जिसके बगल में वह पोल्ट्री थी।

उस अजीब से पसोपेश की मन:स्थिति में मैं केवल यह कर पाया कि मैंने सड़क पर किनारे की तरफ आया और मैंने हाथ दिखाकर आती हुई एक टैक्सी रोक ली।

गिप ने गहरी साँस छोड़ते हुए हमारे घर के इलाके का नाम लिया। उसके एक शब्द से मुझे अपना पता याद करने में मदद मिली और मैं टैक्सी में बैठ गया। तभी मुझे अपने कोट की पीछे की जेब में कुछ रखा हुआ सा महसूस हुआ और फिर मुझे पता चला कि मेरी जेब में काँच की एक गेंद थी। इससे मेरी हैरानी और बढ़ गई, लेकिन मैं चुपचाप बैठा रहा।

गिप भी खामोश बैठा हुआ था। सारे रास्ते कोई किसी से कुछ नहीं बोला। लंबे मौन के बाद आखिर गिप ने ही मुँह खोला, ''पापा, वह बहुत बढ़िया दुकान थी।''

मुझे यह एहसास हो रहा था कि गिप के सामने इस सारी घटना से जुड़ी कोई हैरत नहीं है। वह अपनी उस शाम के अनुभव को बहुत ही

खुशनुमा और सहज पा रहा था और वह अपने हाथ में चार पैकेट्स सँभाले हुए था।

'इस पैकेट्स में क्या होगा?' मेरे मन में यह एक उलझन भरा सवाल था, साथ ही मैं अपने आप से यह भी कह रहा था कि इस छोटे से गिप को कहाँ रोज-रोज ऐसी मन-पसंद खरीददारी का मौका मिलता है। इसलिए इसका खुश होना स्वाभाविक ही है, लेकिन मैं अभी तक अपनी उलझन भरी स्थिति से उबर नहीं पाया था।

पैकेट्स खोलने पर मेरी हालत थोड़ी ठीक हुई थी। तीन पैकेट्स में वह बॉक्स थे, जिनमें से वहाँ ट्रेन चलानेवाले सैनिक निकले थे। लेकिन यहाँ वह सैनिक केवल धातु के बेजान पुतले भर थे। इसके बावजूद उन पुतलों की बनावट बहुत सजीव थी और गिप इस बात को बिल्कुल भूला हुआ था कि उस दुकान में तो यह बॉक्स जादुई करिश्मा दिखानेवाली चीज थे। चौथे पैकेट में एक बिल्ली के बच्चे जैसा एक खिलौना था। सफेद रंग का एकदम सच्चा सा दिखनेवाला वह खिलौना भी बहुत मनमोहक लग रहा था।

पैकेट्स खोलकर इस सारे सामान को देखने से मेरा मन कुछ शांत हुआ था, कि चलो, अब यह प्रसंग खत्म हुआ। उसके बाद मैं अपने बगीचे में जरा टहलने निकल आया और पता नहीं वहाँ कितनी देर अपने में खोया घूमता रहा।

मेरी स्मृति में ठहरे हुए इस प्रसंग को घटे छह महीने बीत गए। अब हमें वह सैनिक और वह बिल्ली का बच्चा एक साधारण खिलौने जैसा लगने लगे। शायद गिप के लिए भी यह एक मामूली सी बात रह गई। लेकिन इससे मैंने एक बात समझ ली कि गिप के साथ जाते समय हमें एक जिम्मेदार माता-पिता की तरह सतर्क रहना चाहिए।

बात यहीं खत्म नहीं हुई। एक दिन गिप के साथ जाते समय मैंने उससे पूछा, ''कैसा हो गिप, अगर तुम्हारे वह खिलौना सैनिक जिंदा हो

जाएँ और कदमताल करते हुए चलने लगें?''

गिप ने तुरंत वह शब्द दोहरा दिया, जो उसे उस दुकान में सैनिकों से कहना होता था। बस, फिर वह सैनिक चल पड़ेंगे।

''क्या सचमुच ऐसा हो सकेगा?'' मैंने हैरत में आकर गिप से सवाल किया।

''और क्या, नहीं तो मैं इन्हें इतने शौक से लेता ही क्यों?''

मैंने गिप के इस उत्तर के बाद अपने मन में किसी संशय को जगह नहीं दी और मैं अकसर अचानक वहाँ जाने लगा, जहाँ वह खिलौना सैनिक रखे हुए थे। लेकिन मुझे वह कभी सजीव होकर कदमताल करते नहीं नजर आए।

यह रहस्यमयी बात मेरे मन में कैसे एक गुत्थी बनकर बैठी हुई है, यह बता पाना मेरे लिए बहुत मुश्किल है।

यहाँ मेरे सामने उस सब सामान के पैसे का सवाल भी खड़ा है। अपने बिल सही समय पर अदा करना मेरी आदत है। उसके बाद मैने कई बार रीजेंट स्ट्रीट पर उस दुकान को खोजते हुए चक्कर लगाए, लेकिन वह दुकान मुझे कहीं नजर नहीं आई। हारकर मैंने सोच लिया कि चलो, जब तक दुकानवाला खुश है, तब तक ठीक है और गिप का पता-ठिकाना तो उस दुकानवाले के पास है ही। जब भी उसकी मरजी होगी, वह बिल हमारे पास भेज देगा, फिक्र क्या करनी। □

मौत के साए में

'अंडर द नाइफ' शीर्षक से लिखी गई एच.जी. वेल्स की यह कहानी सबसे पहले जनवरी 1896 में 'न्यू रिव्यू' में प्रकाशित हुई थी और आलोचकों ने इसे एक अद्‌भुत भविष्यदर्शी कथा-रचना के रूप में पहचाना था। अपने समय से आगे जाती चिकित्सा विज्ञान की बारीकियों को तो यह कहानी पकड़ती ही है, साथ ही यह मृत्युबोध की भावात्मक अनुभूति को भी उतनी ही सूक्ष्मता से पाठकों के सामने रखती है। परालौकिक दर्शन और ब्रह्मांड की दृश्यावली इस कहानी की विलक्षणता को एक नया आयाम देते हैं।

हडसन से मिलकर अपने घर की ओर लौटते हुए मेरे मन में एक ही बात लगातार घुमड़ रही थी कि अगर मैं इस दौर में जिंदा नहीं बचा तो क्या होगा? यह मेरे लिए एक बहुत ही निजी शंका थी। शादीशुदा लोगों से हटकर मेरा मामला अलग था। मेरे अंतरंग दोस्तों की गिनती बहुत कम थी और मेरी मौत का सदमा उनके लिए बस एक रस्मी जिम्मेदारी भर होगा। मुझे इस बात की उलझन थी और थोड़ी शर्मिंदगी भी कि किसी के लिए भी मेरा मर जाना एक पारंपरिक घटना से ज्यादा और कुछ नहीं होगा। प्रिमरोज हिल्स पर हडसन के घर से निकलकर आगे पैदल जाते हुए मेरी नजर के आगे अपनी मौत का प्रसंग एकदम नंगे सच की तरह तांडव कर रहा था। मेरी स्मृति में मेरे बचपन के

दोस्तों की छवि उभर आई थी और मुझे बहुत गहराई से यह एहसास हो रहा था कि मेरे उन सबसे रिश्ते बस रस्मी भर थे और यूँ ही अनायास निभते जा रहे थे, बिना हमारे उनके प्रति सचेत हुए। वह मेरी आगे की कारोबारी जिंदगी में या तो सहयोगी बन गए थे या प्रतिद्वंद्वी। मैं उनके प्रति बहुत ठंडा और उदासीन हो गया था, जिसके हाव-भाव में खुद प्रदर्शित होनेवाला कोई संकेत बाकी नहीं बचा था। शायद इनसान में दोस्ती महसूस करने की भावना भी उम्र और कद-काठी बढ़ने के साथ, अपने ही ढंग से जगह बनाती है। मेरी अपनी ही जिंदगी में एक समय था, जब मैं किसी दोस्त से बिछुड़ जाने भर से बहुत दुखी हो जाता था। लेकिन उस शाम अपने घर की ओर जाते समय मेरी भावात्मक स्थिति एकदम सुन्न थी। मुझे न तो अपने पर तरस आ रहा था, न ही मैं अपने दोस्तों को याद करके दुखी था। मैं यह काल्पनिक तसवीर भी अपनी आँखों के आगे नहीं रच रहा था कि मेरे दोस्त मेरी मौत का मातम मना रहे हैं।

मुझे खुद का इस भावात्मक निष्क्रियता की हालत में होना अच्छा लग रहा था और निस्संदेह मेरी यह स्थिति मेरी बिगड़ी हुई सेहत के कारण थी और मेरे दिमाग में वही सब चक्कर लगा रहा था। एक बार पहले भी मेरे शरीर में अचानक खून की बहुत कमी हो गई थी और मैं मौत की कगार पर पहुँच गया था। मुझे याद है, तब भी मैं अपनी भावनात्मक जीवंतता से एकदम खाली हो गया था और मुझ में आत्मदया जैसा भाव भी नहीं बचा था और अपनी स्वाभाविक सुख-दु:ख, आनंद और शोक महसूस करने की स्थिति में लौटने में मुझे कई हफ्ते लग गए थे। अब मैं फिर खून की कमी की हालत में था। मैं यह दशा करीब एक हफ्ते या उससे ज्यादा समय से महसूस कर रहा था। मेरी भूख मर गई थी। मुझे समझ में आ रहा था कि इस असहाय सी कमजोरी के कारण ही मैं बुनियादी इनसानी हँसी खुशी और दु:ख-दर्द महसूस करने की

हालत से छूटता जा रहा हूँ। यह बात दुनिया में हजारों बार साबित हो चुकी है और मैं इसमें सौ प्रतिशत विश्वास करता हूँ कि इनसान में कोमल भावनाएँ और नैतिक चेतना, यहाँ तक कि प्रेम का एहसास, यह सब आदमी की इच्छाओं की उपज हैं, जिनके बीच आदमी की हैवानियत का डर भी जुड़ा होता है। इस तरह इस सबके असर से आदमी अपनी मानसिक आजादी गँवाने लगता है। ऐसा संभव है कि जब मौत का साया इनसान के सिर पर मँडराने लगे और उसे यह नजर आने लगे कि उसके जिंदा रहने की उम्मीद खत्म हो गई है तो उसके भीतर रुचि और वितृष्णा, दोनों का ही संतुलन बिगड़ जाता है। उसके बाद बचता ही क्या है?

चलते-चलते मैं अचानक एक कसाई लड़के की छकड़ा गाड़ी से टकराता हूँ और तभी मेरा अपने वर्तमान से सामना हुआ था। मैंने पाया कि मैं रीजेंट पार्क की नहर के ऊपर बने पुल से गुजर रहा था। वह नहर जो प्राणी उद्यान के साथ-साथ बहती है। अपनी नीली वरदी में वह कसाई लड़का जिस छकड़े में धीरे-धीरे बढ़ते हुए नहर में बहती हुई एक नाव देख रहा था, उस छकड़े में एक मरियल सा सफेद घोड़ा जुता हुआ था और प्राणी उद्यान में एक नौकरानी तीन खुशमिजाज छोटे बच्चों का मन बहला रही थी। पेड़ हरियाली से भरपूर थे, मौसम अपनी खुशनुमा मस्ती, गरमी की धूल-धक्कड़ के बावजूद सँजोए हुए था। नहर के पानी में आसमान की छाया उसके साफ और उजास भरे होने की गवाही दे रही थी। हल्की-हल्की बहती हुई हवा में एक खास किस्म की तरंग थी, जिसकी छुअन का असर मुझ तक बिल्कुल नहीं पहुँच रहा था, जबकि पहले यही हवा मुझे आनंद से विभोर कर देती थी।

क्या इस तरह मेरी संवेदना का कुंद हो जाना किसी आनेवाले अशकुन का इशारा है? मुझे यह एहसास तो था कि मेरी सोचने-समझने और तर्क करने की क्षमता पहले की तरह ठीक बनी हुई है। कम-से-

कम मैं ऐसा ही समझ रहा था। सही ढंग से कहा जाए तो वह एक अजीब सा सन्नाटा था, जो मेरे ऊपर छाया हुआ था, न कि निष्क्रियता मेरे ऊपर हावी थी। क्या इस सन्नाटे की गिरफ्त में होने को मौत के पास आने की आहट माना जा सकता है? क्या मौत के एकदम करीब पहुँचा हुआ आदमी सचमुच मौत के आगोश में जाने के पहले ही दुनिया के स्पर्श को महसूस करना बंद कर देता है? मैं बहुत ही अजीब ढंग से खुद को जिंदगी के और अपने होने के एहसास से अलग-थलग पा रहा था और मेरे मन में इसकी कोई चिंता भी नहीं उपज रही थी। बच्चे उद्यान में मस्ती से खेल रहे थे, धूप का मजा ले रहे थे और भरपूर जिंदगी समेट रहे थे। बाग के माली उस नौकरानी और बाग में आई बच्चों की माँओं के साथ गपशप कर रहे थे। नौजवान जोड़े अपनी अंतरंगता में मगन मुझे अनदेखा करते हुए मेरे करीब से गुजारते जा रहे थे। रास्ते में लगे हुए पेड़ अपनी नई आई कोपल पत्तियों पर धूप बटोर रहे थे। पेड़ों की टहनियाँ हवा में झूम रही थीं। मैं पहले कभी इस सब में हिस्सेदार हुआ करता था, जिससे मैं अब कटकर अलग हो गया था।

चलते-चलते मुझे लगा कि मैं थकावट महसूस कर रहा हूँ। मेरे पैर जैसे भारी हो गए थे। वह शाम भी गरम थी। मैंने आसपास देखा और बाद में रखी एक हरी बेंच पर बैठ गया। पल भर में ही मैं जैसे एक नींद के झोंके में आ गया था, जो मुझे मानो किसी दूसरी दुनिया में ले गया था, जिसने मेरी चेतना से मेरे जिंदा होने का एहसास पूरी तरह से हटा दिया था। मैं भले ही अभी उस बेंच पर बैठा था, लेकिन मुझे लग रहा था कि मैं सचमुच मर गया हूँ, मेरा कुम्हलाया हुआ, चिथड़े-चिथड़े हुआ और सूखा मृत शरीर पड़ा है और मेरी एक आँख को कौए खा गए हैं। 'जागो' कोई तेज आवाज में चीखा था और इसके साथ ही रास्ते की धूल और बाग की क्यारियों की मिट्टी एक बवंडर की तरह हलचल से भर उठी थी। इसके पहले कभी मैंने सोचा भी नहीं था कि रीजेंट पार्क

एक कब्रिस्तान में बदल जाएगा। लेकिन अभी मैं देख रहा था कि लाइन से लगे पेड़ों के बीच कब्रों के कई-कई चबूतरे बने हुए हैं और उन पर शोक-वाक्य लिखे पत्थर लगे हुए हैं। एक और अजीब सा नजारा दिख रहा था। अपनी-अपनी कब्रों की कैद से जूझते हुए मुरदे बाहर आ रहे थे। संघर्ष में वह लहुलुहान थे, उनके शरीर से उनका लाल मांस चिथड़ों की तरह लटक रहा था और कहीं-कहीं उनकी सफेद हड्डियाँ भी नजर आ रही थीं।

'जागो' एक तेज आवाज फिर गूँज उठी थी। मैंने ठान लिया था कि मैं इस भयानक चीख से डरकर उठ खड़ा नहीं होऊँगा। 'उठो' इस बार उस आवाज में गुस्सा भी था। मुझे लगा कि यह आवाज मेरा पीछा नहीं छोड़ेगी। मैंने चौंककर आँखें खोल दी थीं। वह आवाज बाग के उस कर्मचारी की थी, जो बाग में आने के लिए टिकट देकर सरकारी कीमत वसूलता था।

मैंने पैसे दिए और टिकट लेकर जेब के हवाले किया। एक जम्हाई भरी। पैरों को तानकर सीधा किया और मुझे महसूस हुआ कि अब मैं पहले के मुकाबले बेहतर हूँ। मैं उठा था और लंघम पैलेस की ओर चल पड़ा था। चलते-चलते मेरा ध्यान फिर कहीं गुम हो गया और मैं मौत के बारे में सोचने में खो गया। लंघम पैलेस की सड़क जहाँ खत्म होती है, वहाँ से मैरिलिबोन रोड का रास्ता शुरू होता है। इस जगह मैं बदहवास एक टैक्सी के नीचे आने से बाल-बाल बचा था, फिर भी मैं चलता रहा, हालाँकि मेरा दिल बुरी तरह धड़क रहा था और मेरे कंधे धक्का खाने से दर्द कर रहे थे। अचानक मेरे दिमाग में यह बात आई कि क्या कोई खास अपशकुन है, जो आज मौत के रास्ते मेरा पीछा कर रहा है।

खैर छोड़िए, मैं आपको उस दिन और अगले दिनों के अनुभव बताकर ज्यादा परेशान नहीं करूँगा। मुझे इस बात का पक्का विश्वास होता जा रहा था कि मैं इस ऑपरेशन के दौरान मौत के हत्थे जरूर चढ़

जाऊँगा। कभी-कभी मुझे लगता था कि मैं इस एहसास को उजागर करने पर आमादा हूँ। घर पहुँचकर मैंने पाया था कि वहाँ सारी तैयारियाँ पूरी हो चुकी हैं। मेरा कमरा साफ किया जा चुका था। वहाँ से गैर-जरूरी सामान हटा दिया गया था। बिस्तर पर सफेद चादर बिछी हुई थी। नर्स भी पहुँच गई थी। सारा सामान मुस्तैदी से अपनी जगह पर लगा दिया गया था। उन्होंने मुझे निर्देश दिया कि मैं आज बिस्तर पर जल्दी चला जाऊँ। थोड़ी-बहुत ना-नुकुर के बाद मैंने उनकी बात मान ली थी।

सुबह मैं आलस से बहुत भरा हुआ जागा था। हालाँकि मैंने हमेशा की तरह अखबार पढ़ा था और पहली डाक से आई हुई चिट्ठियों को भी देखा था, लेकिन मुझे उस काम में कोई रस नहीं आ रहा था। आई हुई डाक में मेरे पुराने स्कूल के समय के एक दोस्त एडिसन का छोटा सा पत्र था, जिसमें उसने मेरी नई प्रकाशित किताब की छोटी-मोटी भूलों और छपाई की गलतियों का जिक्र किया था। एक खत लैंग्रिज का था, जिसमें उसने दूसरे दोस्त मेंटन के बारे में अपनी नाराजगी जाहिर की थी। बाकी सारी चिट्ठियाँ बस कारोबारी थीं। मैंने केवल एक कप चाय ली, कुछ खाने का मेरा मन नहीं था। मेरे कंधे में दर्द बढ़ गया था और मुझे करवट बदलने में तकलीफ हो रही थी। मुझे मालूम था कि यह चोट का असर है, लेकिन अगर आप समझ सकें तो हालत यह थी कि दर्द मुझ तक दर्द की तरह नहीं पहुँच रहा था। रात को मैं गरमी और गला सूखने के कारण जागता रहा था, लेकिन सुबह जब मैंने बिस्तर छोड़ा मैं सहज था। रातभर मैं अपने बीते दिनों की यादों में खोया रहा था, लेकिन जब मैं सुबह उठा तो मेरे दिमाग में अमरत्व का सवाल कुलबुला रहा था। वक्त का पाबंद हेडोन एकदम ठीक समय पर अपना गहरा स्लेटी बैग लिये आ पहुँचा। उसके पीछे-पीछे मोवब्रे भी आ गया। उनके आ पहुँचने पर मेरे भीतर एक कँपकँपी सी छूट गई। मैं अपने

चारों ओर हो रही काररवाई को और भी कौतूहल से देखने लगा। हेडोन ने एक छोटी अठकोण आकार की मेज को मेरे बिस्तर के पास खिसका लिया। उसने अपनी चौड़ी पीठ मेरी तरफ की फिर अपने बैग में से सामान निकालकर उस अठकोण मेज पर सजाने लगा। मैं लोहे-पर-लोहे की टकराहट की आवाज को गौर से सुनने लगा। मैं भीतर से बहुत शांत और स्थिर नहीं रह गया था।

''क्या मुझे बहुत तकलीफ होगी?'' मैंने फुसफुसाती हुई आवाज में पूछा था।

''बिल्कुल भी नहीं।'' हेडोन ने मेरी ओर पीठ किए-किए जवाब दिया था, ''तुम्हें क्लोरोफॉर्म सुँघाकर बेहोश कर दिया जाएगा। तुम्हारा दिल तो कुछ ज्यादा ही तेज धड़क रहा है।''

उसकी इस बात के साथ ही मैंने अपनी नाक में बेहोशी की दवा की कुछ मीठी तीखी सी लहर महसूस की और अब उसका असर होना शुरू हो जाएगा।

उन्होंने मुझे उस मुद्रा में लिटा दिया, जिसमें उन्हें ऑपरेशन करना था। इसके पहले कि मैं समझ पाऊँ कि क्या हो रहा है, क्लोरोफॉर्म अपना पूरा असर दिखा गई। क्लोरोफॉर्म शुरू-शुरू में नथुनों में हरकत करती है और कुछ देर के लिए साँस रुकने सी लगती है। मैं जान गया कि अब मैं मर जानेवाला हूँ और यह मेरे होश में होने के आखिरी पल थे और अचानक मुझे एहसास हुआ कि मैं मरने के लिए बिल्कुल तैयार नहीं हूँ, अभी तो करने के लिए मेरे पास बहुत सा काम पड़ा है। लेकिन क्या काम, जो बाकी है? ऐसा क्या काम है, जो मैं अभी तक नहीं कर सका हूँ। मेरे दिमाग को ऐसा कोई भी काम याद नहीं आया, कोई ऐसी इच्छा भी याद नहीं आई, जिसे पूरी करने के लिए मुझे और जिंदा रहना चाहिए था इसके बावजूद मेरे मन में मरने के खिलाफ जबरदस्त संघर्ष चलने लगा था। निस्संदेह, डॉक्टरों को यह नहीं पता था कि उनके हाथों

मेरी मौत होनेवाली है। हो सकता है कि इस मन:स्थिति में मैं थोड़ा का तड़फड़ाया होऊँ, पर तभी मैं एक दम जड़ हो गया। एक गहरा सन्नाटा छा गया, एक मनहूस सी चुप्पी और किसी ऐसे अँधेरे ने मुझे घेर लिया, जिसे भेदना असंभव था।

उसके बाद कुछ पलों का या कुछ मिनटों का अंतराल रहा होगा, जिसमें केवल गहरी बेहोशी थी। उसके बाद एक बर्फ की तरह ठंडे उजाले ने मुझे बहुत तटस्थ सा यह एहसास दिलाया कि मैं अभी तक मरा नहीं हूँ और अभी तक मैं अपनी देह सहेजे हुए हूँ। लेकिन तुरंत ही चेतना की वह लहर मुझ तक आई थी, गायब हो गई और बेहोश होते ही मैं फिर अपने होने से मुक्त हो गया। नहीं, अपने होने से मुक्त नहीं हुआ, मैं कोई एहसास था, जो मुझे अभी भी अपने शरीर और और अपने होने से जोड़े हुए था। वह इतना सबल तो नहीं था कि मैं अपने समूचेपन को बाकायदा पहचान सकूँ, लेकिन वह था तो सही। दरअसल, मैं न कुछ देख पा रहा था, न सुन पा रहा था। इसके बावजूद मेरे भीतर इस एहसास का संचार हो रहा था कि मैं देख भी रहा हूँ और सुन भी रहा हूँ। हेडोन मेरे ऊपर झुका हुआ था और मोवब्रे मेरे पीछे था। एक बड़ा सा नश्तर मेरी पसलियों के नीचे का मांस काट रहा था। अपने आपको अपनी ही आँखों से यूँ काटे जाना देखना बहुत रोमांचक था, जिसमें न दर्द का एहसास था, न घबराहट का। यह बिल्कुल वैसा ही था, जैसे आप दो अजनबी इनसानों को आपस में शतरंज खेलते देख रहे हों। हेडोन की नजरें एकाग्र थीं और उसके हाथ बहुत सधे हुए चल रहे थे। इसके बावजूद मुझे यह हैरतअंगेज शंका थी कि पता नहीं, क्यों हेडोन को अपने हाथों किए जा रहे ऑपरेशन पर बहुत भरोसा नहीं हो रहा है।

मैं यह भी देख पा रहा था कि मोवब्रे के दिमाग में क्या चल रहा है। मोवब्रे इस बात पर गौर कर रहा था कि हेडोन के ऑपरेशन करने के

ढंग से उसका हुनरमंद होना बाकायदा झलक रहा है। चलते हुए हाथ के साथ उसके नए निर्देश तेजी से बुलबुले की तरह फूटकर बाहर आते जा रहे थे, मानो वह किसी वरदान का असर हों और तुरंत ही वह काररवाई में लागू हो जा रहे थे। मोवब्रे आदतन एक ईर्ष्यालु इनसान था इसके बावजूद वह हेडोन की इस करिश्माई गति के आगे मोहित था। मुझे अपने काटकर खोले गए शरीर में अपना लीवर (यकृत) नजर आया। मैं अपनी हालत पर हैरान हो रहा था। मुझे यह तो पता चल रहा था कि मैं मरा नहीं हूँ, लेकिन मुझे अपने होने का एहसास, अपने जिंदा होने की हालत से फर्क लग रहा था। मुझ पर करीब साल भर से छाए एक धूसर से अवसाद ने मेरी सारी सोच और स्मृतियों को बदरंग कर दिया था। मेरा सारा सोचना और समझना किसी भी भावात्मक लगाव से अछूता हो रहा था। मैं जानना चाहता था कि क्या क्लोरोफॉर्म के असर से हर कोई ऐसी ही दशा में पहुँच जाता है और तब तक ऐसा ही बना रहता है, जब तब वह असर खत्म न हो जाए। और उसके बाद यह हालत बिल्कुल ही भुला दी जाती है।

हालाँकि मैं यह नहीं सोच रहा था कि मेरी मौत हो चुकी है, लेकिन मेरे सामने यह एकदम साफ था कि मैं जल्दी ही मर जानेवाला हूँ। मैंने अपना ध्यान फिर से हेडोन की काररवाई को देखने में लगा दिया। मैंने देखा कि वह मेरी एक नस पर नश्तर चलाने में झिझक रहा था। उसके दिमाग में जिन बहुत सी बातों ने हलचल मचाई हुई थी, उससे मेरा ध्यान उसकी ओर से उचट गया। उस समय हेडोन की चेतना प्रकाश के एक छोटे से बिंदु की तरह थरथरा रही थी। उसका चिंतन उसी बिंदु पर टिका हुआ था, जो कभी बेहद चमकीला हो उठता था और कभी धुँधला और टूटा हुआ सा। अभी-अभी वह चमक यकायक ठहर गई थी, लेकिन मोवब्रे का काम इससे बिल्कुल बेअसर था। बाहर होनेवाली हल्की सी भी आवाज से या उसके हाथों ताजा मांस काटे जाने

की गति में जरा सा भी फर्क होने पर वह प्रकाश का बिंदु काँप उठता था। इस तरह सबके विचारों को देखना और उस थरथराते हुए प्रकाश बिंदु पर नजर रखना बिल्कुल वैसे ही था, जैसे किसी डरी हुई मछली का पानी के जार में छटपटा इधर-उधर भागना होता है। यह समझना बहुत अजीब था कि एक इनसान की जिंदगी की सारी जटिल गतिविधियाँ इस थरथराती हुई, अस्थिर छवि पर निर्भर थीं और अगले पाँच मिनट तक मेरी जिंदगी भी इन्हीं हरकतों के बीच झूलती रही थी। और मैं देख रहा था कि हेडोन के चेहरे पर घबराहट बढ़ती जा रही थी, जैसे कि कटी हुई नस की छवि उसके दिमाग में गहराई से अट गई थी और वह उसे बाहर निकालने के लिए जूझ रहा था। उसकी जद्दोजहद यह थी कि उसके नश्तर को नस के ऊपर महीन सा चीरा दूर तक ले जाना था।

तभी अचानक फाटक खुल जाने पर रुके हुए पानी की धार की तरह हरहराते घुमड़ते उसके सारे असमंजस दिमाग से बह निकले और इसके साथ ही मुझे एहसास हुआ कि वह नस कट गई। हेडोन के चेहरे पर एक कर्कश सा हकबकाहट का भाव उभरा और मैंने देखा कि कटी हुई नस से लाल खून का बहाव बाहर आने लगा, जिसे हेडोन ने तेजी से एक ट्रे में समेट लिया। हेडोन घबराया हुआ था, उसने तेजी से खून से सना नश्तर अठकोणी मेज पर रखा और तत्काल दोनों डॉक्टर्स मेरे ऊपर झुक आए। ऐसा लगा कि वह बहुत हड़बड़ी में किसी अनहोनी से निपटने की अबूझ कोशिश कर रहे हैं। बरफ मोवब्रे ने आवाज लगाई, लेकिन मैं समझ गया कि अब मैं मर ही चुका हूँ, भले ही मेरे शरीर ने मेरा साथ अभी नहीं छोड़ा है।

भले ही मैंने एक-एक हरकत को बारीकी से देखा और समझा है। मैं वह सब आपके सामने नहीं दोहराऊँगा कि वह किस कदर देर से उठाए गए कदम थे। मेरे सारे अंदाज और मेरी समझ उसके मुकाबले कहीं ज्यादा तेज और सटीक थे, जितना उन दोनों डॉक्टरों ने जिंदगी में

कभी अजमाया भी नहीं होगा। उनकी सोच और काम तो बस वैसे ही थे, जैसे वह भरपूर अफीम खाकर ऑपरेशन करने आए हों। बस कुछ ही पलों में सब खत्म हो जाएगा और मैं आजाद हो जाऊँगा। मैं समझता था कि मैं अमर प्राणी हूँ, लेकिन मेरा यह हाल होगा, इसका मुझे अंदाज नहीं था।

इस समय मैं गोली चलने के बाद बंदूक की नाली से निकलते धुएँ की तरह हवा में घुलकर गायब होता जा रहा हूँ और उसके बाद बस मेरे पार्थिव अवशेष ही बचे रह जानेवाले हैं। क्या अब मैं दुनिया के अनगिनत दिवंगत लोगों की सूची में शामिल हो जानेवाला हूँ? और दुनिया मुझे बस एक विगत चरित्र की तरह याद करेगी? क्या मैं बस एक आत्मा भर रह जानेवाला हूँ, जिसे बस एक धुँधलाई सी दिखती परछाईं ही माना जाएगा? यह सब मेरी निरी जिज्ञासा है और इनसे मेरी कोई भावना जुड़ी हुई नहीं है, न लालसा, न वितृष्णा। यह सब तो मेरे बदरंग से अनुमान हैं, जो मैं अपने हश्र को लेकर लगा सकता हूँ। तभी मैंने अपने ऊपर एक खिंचाव सा महसूस किया, जैसे कोई बहुत ताकतवर इनसानी चुंबक मुझे मेरे शरीर के बाहर ऊपर को खींच रही है। यह खिंचाव और भी ज्यादा बढ़ता जा रहा था, मानो मैं बस एक कण में बदल गया होऊँ और बहुत सी राक्षसी शक्तियाँ मुझे खींचती हुई घमासान मचाए हुए हों। उसी समय एक भयानक आक्रमण की तरह बस एक क्षण के लिए मेरी चेतना मुझ तक आई। डरावने सपने में कहीं ऊपर से सिर के बल नीचे गिरने का एहसास लेकर। ऐसा आघात लेकर जो घनघोर प्रचंड तूफान के बीच फँस जाने से भी हजार गुना ज्यादा भयावह हो, फिर वह दोनों डॉक्टर्स, मेरा कटा-फटा नंगा शरीर, वह छोटा सा कमरा, यह सब अचानक मेरी नजरों के सामने से ऐसे गायब हो गए, जैसे तेज बहती धारा के ऊपर से बुलबुले जैसा फेना मिट जाता है।

मैं खुले आसमान में ऊपर तैर रहा था। मेरे नीचे लंदन का पश्चिमी

किनारा था, जो लगातार नीचे की ओर छूटता जा रहा था, क्योंकि मैं लगातार ऊपर की ओर उठ रहा था और सबकुछ मेरी नजरों के सामने से एक परिदृश्य की तरह गुजर रहा था। मुझे धुँधलाई सी हवा के आर-पार सबकुछ नजर आ रहा था, अनगिनत छतें जिन पर चिमनियों का अंबार था, सँकरी सी सड़कें, जिन पर पैदल जाते लोगों और सवारियों की भगदड़ थी। बीच-बीच में धब्बों की तरह चौराहे थे और बस्ती में चर्च के शीर्ष ऐसे, मानो सतह पर काँटे उग आए हों। सबकुछ जो दिखता, वह मिनट भर में नजर से ओझल हो जाता, क्योंकि धरती अपनी धुरी पर घूम रही थी। फिर मैं ऊपर से ईलिंग को देख पा रहा था, जहाँ बस्ती उतनी घनी नहीं थी और चिलटर्न की पहाड़ियों से निकलकर दक्षिण की ओर बहती टेम्स नदी एक नीले रंग के सूत के धागे की तरह नजर आ रही थी। उत्तरी दिशा के दूर तक फैले मैदान एक मुहाने जैसे दिख रहे थे और धुंध में कहीं ओझल हो जा रहे थे। मैं ऊपर-ही-ऊपर उठता जा रहा था और यह मेरे लिए एक अनूठा पहला अनुभव था, जिसके बारे में मैंने कभी सोचा भी नहीं था।

हर पल मेरे नीचे का दृश्य और भी विस्तृत होता जा रहा था। बस्ती, खेत, पहाड़ और घाटी—यह सब धुँधले होते-होते नजर से ओझल होते जा रहे थे। नीचे की रंगत पहाड़ों की नीलिमा में छिपती जा रही थी। मैदानों और जंगलों की हरियाली को उनके ऊपर उड़ते बादल ढक ले रहे थे और ऊपर से केवल बादलों की सफेद उजली सतह ही नजर को छू रही थी। लगातार ऊपर उठना एक रोमांचक अनुभव की तरह मेरे सामने था और इस तरह धरती से मेरे नाते के छूटने का इशारा बन रहा था। ऊपर उठते हुए चूँकि मेरे और धरती के बीच खिंचा परदा कम-से-कमतर होता जा रहा था, इससे बहुत से अचंभित करनेवाले दृश्य सामने आ रहे थे। वह आकाश जो पहले नीला नजर आता था, अब गहराता जा रहा था और उसके बहुत से रंग देखे जा रहे थे। इन रंग-बिरंगे गलियारे

से गुजरते हुए अब आसमान काला हो गया था, जिसमें सितारों की चमक टँकी हुई थी और उसके बाद आकाश सिर्फ काला था, इतना काला जितना कभी देखा न गया हो। उसके बाद आसमान में एक तारा दिखा था, फिर कुछ और, उसके बाद अचानक आसमान में इतने तारे चमक उठे, जितने कभी धरती से देखे नहीं गए थे। दरअसल, आसमान की नीली आभा, सूरज की किरणों के तारों के प्रकाश से मिलने से उपजती है, जो आपस में गूँथकर फैल जाती है और सर्दियों की सबसे काली रातों को भी छिपती नहीं। हम दिन में तारे सूरज की रोशनी की चकाचौंध के कारण नहीं देख पाते। लेकिन मुझे यह सबकुछ दिखाई दे रहा था, जो इनसान की शरीरी आँखों से नहीं देखा जा सकता। मैं नहीं जानता कि यह कैसे हो रहा था। सूरज ऐसा खूबसूरत और भव्य नजर आ रहा था, जैसा पहले कभी नहीं देखा गया। सूरज की गोलाकार आकृति एकदम भव्य सफेद थी, न कि पीली जैसी धरती से देखी जाती थी। उससे तेज आभा फैल रही थी, जिस पर नजर नहीं टिकती थी। उस गोले की परिधि से किरणें ऐसे फूट रही थीं, मानो आग की लाल लपटें अपनी जीभ लपलपा रही हों। सूरज के गोले के दोनों तरफ स्वर्गलोक पहुँचने की आधी दूरी तक चाँदी की तरह चमकदार दो बड़े पंख ठीक वैसे ही थे, जैसे मैंने मिस्र की भव्य मूर्तियों में, धरती पर तब देखे थे, जब मैं वहाँ आम आदमी की तरह एक जीवधारी था।

जब मेरी चेतना धरती की ओर फिर लौटी तब मैंने पाया कि मैं उससे बहुत बहुत दूर हूँ। खेत और बस्ती दूरी की वजह से पहचान में नहीं आ रही थी। दुनिया भर का नजारा बस एक धब्बे की तरह दिख रहा था, जिस पर जगह–जगह सफेद बदल छितरे हुए थे, जो आयरलैंड और पश्चिमी इंग्लैंड को ढक रहे थे। कुछ देर बाद अब मैं उत्तरी फ्रांस और आयरलैंड की सीमा को देख पा रहा था। यह समूचा ब्रिटेन महाद्वीप मेरी नजर के सामने था जब कि स्कॉटलैंड उत्तर की तरफ

क्षितिज में छिप गया था या हो सकता है कि वहाँ समुद्रतट को कुहासे ने ढक लिया हो। यह भी संभव है कि वहाँ घने बादल छाए हों। समुद्र का रंग गहरा भूरा नजर आ रहा था और धरती उसके मुकाबले ज्यादा उजली दिख रही थी। सारा परिदृश्य धरती की गति के कारण पूरब की ओर घूम रहा था।

यह सबकुछ इतनी तेजी से घटित हो रहा था कि जब तक मैं धरती से सिर्फ कुछ हजार मील दूर नहीं रह गया, मुझे अपना खयाल नहीं आया। अब मेरा ध्यान जा रहा है कि मेरे शरीर में न हाथ हैं, न पैर···मेरे पास शरीर का कोई भी अंग नहीं बचा है, इसके बावजूद मुझे न कोई चिंता हो रही है न दर्द। अपने बारे में मैं बस यह समझ रहा हूँ कि यह सारा अंतराल, जिसमें हवा भी नहीं है, क्योंकि हवा मैं पीछे अंतरिक्ष में ही छोड़ आया हूँ, इनसान के अंदाज से कहीं ज्यादा ठंडा है। लेकिन मुझ पर इसका कोई असर नहीं है। वातावरण को चीरती आती सूरज की किरणें तब तक गरमाइश नहीं दे सकतीं, जब तक वह किसी पदार्थ की सतह से न टकराएँ। मुझे बहुत सी वस्तुएँ नजर तो आईं, लेकिन मैं उनके प्रति इतना तटस्थ था कि मैंने किसी का भी याद रखने की हद तक नोटिस नहीं लिया। यह शायद मेरी संसार को तुच्छ समझने जैसी दृष्टि का नतीजा था। मेरे नीचे का बहुत तेजी से मुझे दूर छूट जाता नजारा मेरी तेज गति के कारण था, एक सेकंड में अनगिनत मील की रफ्तार···जिसके कारण लंदन बस एक छोटे से धब्बे से दिखकर ओझल हो गया था। इधर दोनों डॉक्टर्स एक बेजान पड़े उस क्षत-विक्षत शरीर में जान डालने की नाकाम कोशिश कर रहे थे, जिसे मैं पीछे छोड़ आया था। मैं उस समय ऐसी तन्मयता पूर्ण शांति महसूस कर रहा था, जितनी धरती के किसी जीवित प्राणी ने कभी महसूस नहीं की होगी।

अपनी इस दुनिया को छोड़कर उस लोक की यात्रा करने के बाद ही मैं समझ पाया कि पृथ्वीलोक के परे का सच कितना अद्‌भुत है।

इसके बावजूद यह ज्ञान बहुत सहज और बेहद स्वत: स्पष्ट था। क्या बताऊँ, मैं इस बात पर हैरान था कि यह मुझे पहले कभी क्यों समझ में नहीं आया। मैं जैसे अचानक इस भौतिक पदार्थोंवाले संसार से अलग रख दिया गया था। जो कुछ भी ठोस भौतिक पदार्थ थे, वह सब मेरे अनुसार पृथ्वीलोक की सामग्री थे, पृथ्वी, जो अंतरिक्ष में अपनी धुरी पर नाचती घूम रही है, उसके सारे पदार्थ उससे उसके गुरुत्वाकर्षण बल के कारण बँधे हुए हैं। वह सूर्य की परिक्रमा भी कर रही है और उसके साथ दूसरे बहुत से ग्रह हैं, जो अपनी-अपनी गति का पालन कर रहे हैं। लेकिन जो कुछ अपदार्थ है, उसमें कोई जड़ता नहीं है, उस पर किसी भी ग्रह का कोई गुरुत्वाकर्षण अपना जोर नहीं लगा रहा है। वह जहाँ भी अपने धारक कवच से अलग होता है, वहीं ठहर जाता है। वह अंतरिक्ष में गतिहीन है। इसी तरह मृत्यु के बाद मैंने धरती के इस लोक को नहीं छोड़ा है, बल्कि इस धरती ने ही मुझे छोड़ दिया है। अब न केवल धरती, बल्कि सारा ब्रह्मांड पीछे छूटता जा रहा है। इस अंतरिक्ष में मेरे चारों ओर मेरे जैसी बहुत सी आत्माएँ भटक रही होंगी, जिन्हें भले ही मैं देख नहीं पा रहा हूँ। वह सब भी अब अपनी दैहिक भावनाओं, मिलनसार स्वभाव, चतुराई और चालाकी, घोर बुद्धिमत्ता, अपने अबोध अचरज आदि से छूट चुकी होंगी और इन्होंने भी अपना वह अंत स्वीकार कर लिया होगा, जो इनके सामने आया होगा।

मैं जैसे-जैसे और जिस तेजी से ऊपर उठता जा रहा था और उस अजीब से सफेद दिखते सूरज से दूर जाते-जाते सुदूर काले अँधेरे संसार की ओर पहुँचता जा रहा था, मैं वैसे-वैसे खुद को बहुत से मायनों में बदलता हुआ पा रहा था। मैं बहुत बड़ी और उजास भरी अपनी संसारी दुनिया से चला था और मुझमें तभी से बदलाव आने शुरू हो गए थे। मेरी समझ और चेतना, इस बौने दुनियावी सयानेपन के आगे बहुत विराट् हो गई थी। मैंने जैसे समय के एकदम नए विस्तार में प्रवेश पा

लिया था। बहुत जल्दी मुझे धरती अपने समूचे गोलाकार रूप में नजर आई। थोड़ी सी बेडौल, पूर्णमासी के चाँद की तरह वृत्ताकार, बहुत बड़े चाँदी के थाल की तरह। अमेरिका में तो खैर इस समय दोपहर का माहौल होगा, लेकिन छोटे से इंग्लैंड से धूप कुछ देर पहले ही सिमट चुकी होगी। पहले तो वह धरती मुझे बहुत बड़ी दिखी, मानो उसने सारे अंतरिक्ष की जगह घेर रखी हो, लेकिन फिर एक-एक लम्हा वह छोटी होती नजर आने लगी और नजर से दूर होती चली गई। धरती के दृश्य से ओझल होने के बाद चाँद, ब्रह्मांड के तीसरे चतुर्थांश में उभरकर सामने आया, जिसकी चमक उसकी परिधि भर ही दिख रही थी।

मैंने तारामंडल की ओर नजरें घुमाईं। केवल मेष का थोड़ा सा हिस्सा नजर आया, उसका बाकी खंड सूर्य से ढक गया था। मैंने बिखरी हुई मोती की माला जैसी दिखती आकाश गंगा को पहचाना, जो सूर्य और धरती के बीच अपनी आभा फैला रही थी। ब्रह्मांड के दूसरे चतुर्थांश में, उजले स्वर्ग सरीखे हिस्से के विपरीत, जिधर गहरा काला अँधेरा फैला हुआ था, वहाँ आकाश में मैंने लब्धक और मृग तारों की आकृतियों को स्पष्ट देखा। ध्रुव तारा मेरे ठीक ऊपर था, जो उत्तरी गोलार्ध में वर्ष भर नजर आनेवाली तारामंडली से घिरा हुआ था, जिसे लैटिन अमरीकी लोग 'ग्रेट बिअर' का नाम देते हैं। बहुत नीचे की तरफ सूर्य के आभामंडल के पार ब्रह्मांड का एक बहुत छोटा, खंजर की आकृतिवाला तारामंडल देखा, जो दक्षिणी गोलार्ध में स्थित है और जिसे ऑस्ट्रेलिया और न्यूजीलैंड आदि देशों ने अपने राष्ट्रीय झंडों पर ही नहीं, दूसरी महत्त्वपूर्ण जगहों पर प्रतीक की तरह सजाया है। यह नजारा इतना अद्‌भुत था, जैसा मैंने अपने जीवन में पहले कभी नहीं देखा था। इन सितारों को, खुद ब्रह्मांड में होते हुए भी, मैं उतना छोटा सा ही देख रहा था, जितने वह धरती से दिखते हैं। लेकिन वे छोटे तारे के जो नीचे से शायद ही नजर आ पाते हों, इस घनघोर काली पृष्ठभूमि में अपनी भरपूर चमक के साथ दिख

रहे थे, जबकि बड़े तारों का तो कहना ही क्या ! उनकी सौंदर्य छटा तो रंगमय थी और चमत्कृत कर रही थी। लाल दैत्य के नाम से जाना जानेवाला विराट्काय अल्देबारान तारा, जो पृथ्वी से 68 प्रकाशवर्ष दूर है, मेरे सामने आग उगलता नजर आ रहा था। लब्धक तारा, जिसे सिरीअस भी कहा जाता है, वह भी सितारों की नीलमणि श्रृंखला में, स्थिर बना शोभायमान था। इनमें चंचलता भरी टिमटिमाहट भले ही नहीं थी, लेकिन वह अपनी प्रशांत भव्यता का प्रदर्शन कर रहे थे। जो कुछ मैं देख रहा था, वह इतना स्पष्ट था कि उनकी छवि में न कोई धुँधलापन था न संशय, बल्कि मेरे भीतर उसकी तसवीर बहुत ठोस उजली प्रामाणिकता बनकर ठहर गई थी, भले ही चारों तरफ गहरे अँधेरे का परिवेश भी था, जिसमें यदाकदा बिजली की चमक जैसी प्रकाश की लहर थी।

अभी जैसा मैंने फिर देखा, मुझे धरती सूर्य के मुकाबले बड़ी नजर नहीं आई। और बस देखते-ही-देखते, जैसा मुझे एहसास हुआ, इसके घूमने की गति घटकर आधी हो गई और उसका धीमे होते जाना जारी रहा। इसकी विपरीत दिशा में कहीं बहुत दूर से एक गुलाबी रंग की रोशनी की किरण आती दिखाई दी। वह मंगल ग्रह का प्रकाश था। मैं अंतरिक्ष में पूरी तरह स्थिर पिंड की तरह तैर रहा था। मेरे भीतर न कोई भय था न आश्चर्य भरा कौतूहल...और मैंने उस अलौकिक प्रकाशपुंज को गिरते हुए देखा। निश्चित रूप से मैं लौकिक संसार से उठ चुका था।

अभी-अभी मुझे बोध हुआ कि मेरी समय की गति को समझने की चेतना लगभग खत्म हो गई है और मेरे देखे हुए दृश्यों के बीच, जिन्हें मैं कुछ पलों के अंतर से समझ रहा था, उनके बीच दरअसल, कई-कई दिनों का अंतराल था। पृथ्वी के चारों ओर चाँद का एक चक्कर मैंने देखा और मैंने बहुत स्पष्टता से मंगल ग्रह की अपने कक्ष में एक परिक्रमा को भी देखा। इनके बीच का समय, जैसा मुझे समझ में

आया, पल भर से भी कम का था, जब कि असलियत में इन घटनाओं के बीच हजारों वर्ष का अंतराल था।

पहले मुझे भान हुआ था कि तारामंडल समूह काले घने विराट् अंतरिक्ष में गतिहीन, स्थिर बने हुए हैं। लेकिन अब मेरे सामने स्पष्ट हुआ कि उत्तरी और दक्षिणी चतुर्थांश के बीच स्थित हरक्यूलिस और स्कॉर्पियो तारामंडलों के बीच की दूरी घटती जा रही है और ओरियन तथा अल्देबारान तारे तथा उनके समूह एक दूसरे से छितरते जा रहे हैं। अचानक काले अँधेरे अंतरिक्ष के अंतहीन परदे को चीरते हुए तेज प्रकाश के साथ एक बहुत बड़ा सा शिलाखंड आया और कण-कण होता हुआ विलीन हो गया। उसके कण ऐसे चमक रहे थे, जैसे सूर्य के प्रकाश में धूल के कण नजर आते हैं। उसका ऐसे गायब हो जाना ऐसा था, मानो विविध रंगों की चिनगारियाँ छोड़ता कोई आग का गोला सामने से गुजार जाए। फिर मैंने पाया कि मेरे रास्ते के पास से प्रकाश का एक पुंज पास आता जा रहा था और आते-आते उसका आकार बड़ा होता जा रहा था। फिर वह इतना बड़ा होता गया कि उसने मानो सारे ब्रह्मांड को घेर लिया। मैंने समझ लिया था कि वह शनि ग्रह है, जो तेजी से मेरी ओर बढ़ रहा है। उसका आकार और बड़ा होता जा रहा था और बहुत से तारे अपने समूह के साथ उसके पीछे छिप जा रहे थे। मैंने शनि की सपाट चकरघिन्नी खाती सतह को देखा। उसके साथ सात और उपग्रहों का समूह था, फिर शनि का बवंडर और गति तेज पकड़ता गया, इतनी कि मैं उसके पिंड के छूटते अनगिनत चट्टानी टुकड़ों, नाचते हुए उसके धूल के कणों और बहुत सी गैसों के चक्रवात के बीच आ गया। तभी मैंने क्षण भर को देखा कि शनि की एक बिंदु से फूटती तीन शाखाएँ चंद्रमा की तेज लपलपाती किरण की तरह चमकीं और फिर उपद्रवी शोर-शराबे में गुम हो गईं। यह बताने में मुझे जितना समय लगा, उसके दसवें हिस्से भर समय में यह सब घट के पूरा हो गया। शनि ग्रह फिर

प्रकाश की एक चमक के साथ गायब हो गया। उसके जाने की चमक से सूर्य की आभा थोड़ी देर के लिए उतर गई। उसके बाद परिदृश्य में केवल काला, धुँधलाता हुआ धब्बा रह गया। मेरी वह धरती माँ, जहाँ मैं जन्मा था, अब मुझे नजर नहीं आ रही थी।

इस तरह स्तब्ध नीरवता में और तेज गति की यात्रा की तरह मेरी सौरमंडल से मुलाकात पूरी हुई। अब तक मेरे लिए सूर्य, बहुत से तारों के बीच केवल एक नक्षत्र था, जिसकी चकाचौंध ही उसकी पहचान थी। अब मैं सौरमंडल का प्राणी रह भी नहीं गया था। मैं पृथ्वी से बाहर विराट् ब्रह्मांड में आ गया था और ऐसा लग रहा था कि मैं सारे विश्व का सच ग्रहण कर सकने जा रहा हूँ। उसके बाद बहुत तेजी से सितारे एक जगह पर सिमट आए। बस लाल बेडौल बड़ा तारा एंटारस और उत्तरी गोलार्ध के लाइरा तारामंडल का दूसरे नंबर का बड़ा तारा वेगा ही धुँधली सी रोशनी छोड़कर तब विलीन हुए, जब अंतरिक्ष में निहारिका के गतिशील पिंड को आकाश ढकने लगा। मेरी नजर के सामने ही अंतरिक्ष ने अपनी थकान का संकेत दिया और आकाश में दिखनेवाले तारे कम-से-कमतर होते गए। उसके बाद मुझे ऐसा आभास हुआ था कि मैं हठात् तैरता हुआ सा मृग तारे की आकृति में उसकी बेल्ट और तलवार के बीच कहीं पहुँच गया हूँ। इन दोनों स्थलों के बीच की जगह प्रति एक-एक सेकंड चौड़ी होती जा रही है। वहाँ जैसे निर्वात की एक गहरी घाटी बनती जा रही है, जिसमें समा जानेवाला हूँ। ब्रह्मांड जैसे अब तक की सबसे तेज गति से घूमते हुए धूल के गुबार का सामना कर रहा था, जो तेजी से उस निर्वात को भरने में लगा था। सितारे अपने कक्ष में चक्कर लगाते उपग्रहों को साथ लेकर बेहद चमकदार उजाला फैला रहे थे। ज्यों-ज्यों मैं उनके पास पहुँच रहा था, वह चमक जाते थे और फिर बुझकर अँधेरे के हवाले हो जाते थे। पुच्छल तारे धुँधलाए से नजर आ रहे थे, उल्का पिंडों के झुंड दिख रहे थे, अलौकिक पदार्थों के

सुलगते बुझते पिंड भी थे, प्रकाश की थरथराती हुई धाराएँ थीं, जो क्षणांश में मुझसे लाखों मील दूर चली जा रही थीं। प्रकाश की कुछ तरंगें मेरे पास से गुजरती हुई, बेहद तेज गति से तारामंडलों को चीरती चली जा रही थीं, उनसे आग की चिनगारियाँ तीर जैसी तेजी से फूटतीं और काले अँधेरे अंतरिक्ष में गुम हो जातीं। वह दृश्य कुछ ऐसा था मानो धूल भरी आँधी को सूरज की किरणें उजागर कर रही हों। काले अँधेरे और सितारों से खाली अंतरिक्ष का वह हिस्सा लगातार अपनी लंबाई, चौड़ाई और गहराई बढ़ाता जा रहा था। और मैं जहाँ खिंचता जा रहा था, उसके आगे सब शून्य था, जैसे···एकदम रिक्त, खाली। एकदम अंतिम छोर पर ब्रह्मांड का हिस्सा पूरी तरह से रिक्त और अंधकारमय था और समूचे सितारों से भरे अंतरिक्ष का विस्तार मेरे पीछे की हद तक आकर खत्म हो जा रहा था, जैसे एक जगह पहुँची सारी रोशनी के एक परदे ने एक आड़ बना दी हो। वह परिदृश्य पीछे छूटता जा रहा था, जैसे हवा का कोई झोंका जादुई कंदील को उड़ाए लिए जा रहा हो। अब मैं वहाँ से बाहर आकर अंतरिक्ष की उजाड़ मनहूसियत में पहुँच गया था। निर्वात का अँधियारा यहाँ दूर तक फैला हुआ था, बस बीच-बीच में इस एकरसता को तोड़ते हुए कुछ सितारे, रोशनी की चिनगारियाँ बिखेरते पास से गुजर जा रहे थे। सबकुछ इतना अंतहीन सा था, जिसकी कल्पना भी नहीं की जा सकती। मेरे चारों ओर केवल अँधेरा था, निर्वात था और सबकुछ अकारण जैसा था। उसके बाद बहुत जल्दी जैसे भौतिक संसार आकार लेने लगा। वह अदृश्य निराकार पिंजरा जो मुझे ब्रह्मांड भर में नचा रहा था, शिथिल पड़ने लगा। फिर वह चकाचौंध भरी रोशनीवाली चकती तक आया। फिर एक छोटे से ऐसे गोले तक जो धुँधली सी रोशनी फेंक रहा था। उसके बाद जल्दी ही वह रोशनी का वृत्त एक चमकदार बिंदु भर रह गया और फिर दुप्प से बुझ गया था।

अरे अचानक मेरी महसूस करने की क्षमता लौट आई है। उसका

एहसास बहुत गहरे डर जैसा हो रहा है। उस आशंका भरे गहरे अँधेरे का भय इतना हावी हो गया है, जिसे बता पाना कठिन है। ऐसी भावना उठ रही है, जिसमें फिर से जी उठने की, सहानुभूति पाने की और समाज से जुड़ने की गहरी इच्छा है। इस भयानक गहरे अँधेरे में दूसरी आत्माएँ कहाँ हैं? न मैं उन्हें देख पा रहा हूँ, न वो मुझे। क्या मैं सचमुच अकेला रह गया हूँ? मेरे अकेलेपन का एहसास सच है क्या? क्या मैं उस हालत से बाहर आ गया था, जिसमें मेरे होने और न होने के बीच कोई फर्क नहीं था? मेरे पार्थिव शरीर के ऊपर जैसे कोई कवच था, जो हट गया था। उस कवच ने जैसे मुझे किसी भ्रामक संसार में पहुँचा दिया था। वहाँ मेरे लिए सुरक्षा थी और मेरा उस संसार से आत्मीय नाता जुड़ गया था। वह कुछ काले अँधेरे में था और स्तब्धता छाई हुई थी। मैं जड़वत् पड़ा था। मैं एक शून्य भर था। वहाँ कुछ नहीं था सिवाय प्रकाश के एक छोटे से बिंदु के, वह भी धीरे-धीरे बुझकर अँधेरे में खो गया था। मैंने देखने और सुनने के लिए पूरी कोशिश की। एक बार हल्का सा झटका महसूस हुआ, उसके बाद फिर गहरी खामोशी, असहनीय अँधेरा, निराशा और भय।

फिर मैंने देखा कि एक प्रकाश के दायरे में समूचा संसार सिमट आया है और वहाँ चमक ठहरी हुई है, जिसके दोनों ओर अँधेरे का विस्तार अपनी पृष्ठभूमि रचे हुए है। मुझे आभास हुआ कि मैं बहुत-बहुत लंबे समय तक उस दायरे को ताकता रहा था और इस दौर में उसका धुँधलापन और भी गहरा हो गया था। फिर उस कालिमा रची पृष्ठभूमि पर धूसर, पीले और भूरे से बेतरतीब बादल छाने लगे। मैं भावावेश में बहुत अधीर हो उठा, लेकिन इस उजले से बदलाव की रफ्तार इतनी धीमी थी कि फर्क साफ पता नहीं चल रहा था। उस समय कौन सी ढकी परतें खुल रही थीं? उस अबूझ सी रात के अँधेरे में इस लालिमा भरे उजास में कौन सा नया दिन छिपा था?

उमड़ते हुए बादल की आकृति विलक्षण और बेतरतीब थी। बादल अपने आकार में ऊपर की तरफ एक सीधी रेखा में फैला था और नीचे की ओर जैसे उसमें चार टुकड़े लटक रहे थे। यह माजरा क्या था? मुझे यह तो पक्का लग रहा था कि मैंने इस आकृति को पहले भी कहीं देखा है, पर कहाँ और कब? यह मैं याद नहीं कर पा रहा था। फिर मुझे अंदाज हुआ कि यह एक शिकंजे जैसा पंजा है। मैं वहाँ उस शिकंजे के सामने एकदम अकेला था। ऐसे शिकंजे के सामने, जिसके आगे समूचे ब्रह्मांड का कोई भी पिंड बस एक धूल के कण के जैसा है। मुझे ऐसा लगा कि मैं उसे बहुत लंबे समय तक ताकता रहा हूँ। उस पंजे की एक उँगली में मुझे एक अँगूठी चमकती दिखी और मेरा पूरा संसार उस अँगूठी की परिधि पर पड़ते बस एक प्रकाश के बिंदु जैसा था। और उस पंजे की गिरफ्त में एक काली छड़ थी। बहुत लंबे समय तक मैं उस अँगूठीवाले पंजे और काली छड़ को देखता रहा था। मैं अचंभित था और डरा हुआ भी। असहाय पड़ा था कि पता नहीं क्या होनेवाला है? यह भी लगा कि कुछ होनेवाला नहीं है। मैं बस अनंत समय तक उस अबूझ हाथ और उसकी गिरफ्त में पड़ी छड़ को बेमतलब देखता रह जाऊँगा। क्या यह समूचा ब्रह्मांड किसी दूसरी बड़ी दुनिया के आगे बस एक टुकड़ा भर है? क्या इस तरह यह ब्रह्मांडों की एक शृंखला है, मेरे संसार का अस्तित्व तिनके भर है? और मैं क्या था? क्या मेरा होना, न होना सचमुच एक बेमतलब सवाल था? मेरे संशय के आगे एक ठोस देह ने आकार लेना शुरू कर दिया। उस हाथ के बारे में मेरे संशय के गहरे अँधेरे के बीच किन्हीं अबूझ, अकल्पनीय बेतुके अंदाजों ने जगह बनानी शुरू कर दी, हालाँकि उनकी कोई भी आकृति स्पष्ट नहीं ठहर रही थी।

सहसा एक आवाज सी सुनाई दी, जैसे कहीं घंटी बजी हो जैसे कहीं बहुत दूर से अँधेरे को चीरते हुए कंपनों का अनुनाद मुझ तक

पहुँच रहा हो और हर कंपन के बीच लंबा सन्नाटा बुना हुआ हो। फिर नजर आया कि उस हाथ की पकड़ उस छड़ पर मजबूत हो गई। फिर मुझे उस हाथ के काफी ऊपर अँधेरे के शीर्ष पर एक गोला नजर आया, जिससे हल्की हरी सी आभा फूट रही थी। एक अजीब सा गोला था, जिसमें से रह-रहकर एक खटके जैसी आवाज आ रही थी। फिर एक आखिरी खटके के साथ हाथ गायब हो गया। एक घंटा बीता होगा और तभी मैंने बहुत सी नदियों के कल-कल बहने जैसी आवाज सुनी। लेकिन यह काली छड़ जस-की-तस आसमान की ओर तनी हुई दिखती रही। फिर एक आवाज ऐसी सुनाई पड़ीं, जो मानो अंतरिक्ष की ऊँचाई से आई हो। कहा गया था—अब कोई दर्द नहीं होगा।

यह बात सुनते ही मेरे मन में न जाने कितनी बड़ी खुशी भर गई कि पूछो मत। मुझे वह गोला सफेद बहुत चमकदार नजर आया। यह छड़ी भी काली और चमकदार दिखी। साथ ही मुझे वहाँ की बहुत सारी चीजें साफ और स्पष्ट नजर आने लगीं। वह गोला दीवार पर लगी घड़ी का सामना था। वह काली छड़ मेरे पलंग पर लगी एक पटरी थी। हेडोन मेरे पैताने उस पटरी के पास खड़ा था। उसके हाथ में एक छोटी कैंची थी। हेडोन के कंधे के पीछे लगी घड़ी की दोनों सुइयाँ बारह बजे एक के ऊपर एक होकर सिर्फ एक नजर आ रही थीं। मोवब्रे वॉश बेसिन पर किसी चीज की धुलाई कर रहा था और मेरे कमर के पासवाले हिस्से में जहाँ से दर्द की लहर उठती थी, वहाँ मुझे ऑपरेशन किए गए होने का एहसास हुआ था।

ऑपरेशन ने मुझे मौत तक नहीं पहुँचाया था और मैं जिंदा था। तभी मुझे समझ में आया कि मैं अब पिछले छह महीने से भुगते जा रहे दर्द से छुटकारा पा चुका हूँ।

□

दीवार में दरवाजा

फैंटेसी यानी परिकाल्पनिक मानी जानेवाली एच.जी. वेल्स की यह कहानी सबसे पहले 14 जुलाई, 1906 को 'डेली क्रॉनिकल' में 'द डोर इन द वॉल' शीर्षक से प्रकाशित हुई थी। फैंटेसी शिल्प की कहानियों में यह रचना इस संदर्भ में उत्कर्ष कही जाती है कि इसमें वेल्स ने एक ऐसे अ-भौतिक संसार की कल्पना की है, जहाँ संसार का दुःख नहीं व्यापता, लेकिन अपनी भौतिक वरीयताओं के चलते मनुष्य उस संसार को बूझते हुए भी उस तक नहीं पहुँच पाता। विकास और सफलता पाने के द्वंद्व में ऐसे संसार का आभास और उसके बार-बार छूट जाने का क्रम एच.जी. वेल्स जिस सूक्ष्मता से दिखा पाए हैं, वह अद्‌भुत है।

1

अभी मुश्किल से तीन महीने पहले की बात है, जब हमारी एक अंतरंग बैठक में लोनियल वैलेस ने मुझे दीवार में दरवाजे का वृत्तांत सुनाया था। उस समय मैंने यह माना था कि कम-से-कम उनके लिए यह एक सच्ची कहानी थी।

उनका वृत्तांत सुनाने का ढंग इतना सहज और स्वाभाविक था कि मैं उसकी सच्चाई के प्रति आशंकित हो ही नहीं सकता था। लेकिन अगली सुबह अपने ही घर में जब मैं सोकर जागा, तब उस प्रसंग को लेकर मेरे

भीतर का परिदृश्य बदल चुका था। अपने बिस्तर पर लेटे-लेटे मैंने उसे दोहराया तो उस किस्से के ऊपर चढ़ा चमत्कार का आवरण उतर चुका था, उसके धीमे, लेकिन भेदते हुए स्वर का जादू फना हो चुका था और किस्से की नंगी सच्चाई मेरे सामने उभरकर आ गई थी। उस बीती शाम की बात ही कुछ और थी। मंद रोशनीवाले कमरे में मेज पर खाने-पीने की व्यवस्था पूरी तरह उत्सव जैसा माहौल बनाए हुई थी। हमने शानदार भोज लिया था और सबकुछ इतना रोमांटिक था, जिसमें ठोस यथार्थ की कोई गुंजाइश नहीं थी, लेकिन सुबह लोनियल वैलेस के किस्से को मैं एकदम बे-परदा सच की तरह देख पा रहा था...मैं सोच रहा था कि उसने वृत्तांत को कितना रहस्यमय बना दिया था, लेकिन यह भी सच ही था कि वह बताना भी बहुत ही खूबसूरती से निभाया गया था... !

उसके बाद उठकर मैं अपने बिस्तर पर बैठ गया था और सुबह की पहली चाय के घूँट भरते हुए उस वाकये को दोहरा रहा था, लेकिन इस बार वह दोहराना यथार्थ की रोशनी में था। अब वह मुझे एक असंभव से संस्मरण जैसा प्रतीत हो रहा था, मैं अब भी समझ नहीं पा रहा हूँ कि मैं कल के उस नायाब अनुभव को किन शब्दों में जाहिर करूँ। दरअसल वह बता पाना भी मुश्किल ही है।

खैर, मैं इस उलझन को अब परे ही रखता हूँ। इस संदर्भ में मैं अब अपने सवालों से उबर गया हूँ। मैं अब भी यही मानता हूँ, जैसा कि सुनते समय भी मेरा यही विश्वास था कि वैलेस ने अपने भरसक अपने मन में छिपाए इस सच्चे वृत्तांत को पूरी ईमानदारी के साथ मुझसे साझा किया है। लेकिन यह उसका खुद का देखा-भोगा हुआ है या यह बस उसका वहम है कि उसने ऐसा देखा या उसे अकस्मात् ऐसे संसार में जाने का मौका मिल गया, जिसका वर्णन करना उतना ही कठिन है, जितना इस पर विश्वास कर लेना या वह किसी ऐसी परिकल्पना की गिरफ्त में आ गया, जिससे वह आजीवन छूट नहीं पाया। इनमें से कौन

सी स्थिति सही है, मैं इसका कोई भी अंदाज लगाने की स्थिति में नहीं हूँ। खास तौर पर उस शख्स यानी लोनियल वैलेस की मौत के बाद जब किसी भी सवाल का जवाब मिलने की गुंजाइश भी खत्म हो गई।

अब यह पाठकों पर है कि वह इसका क्या सार निकालते हैं।

मैं याद नहीं कर पा रहा हूँ कि आखिर मेरी ऐसी किस बात से, किस व्यवहार या किन परिस्थितियों में वह इनसान लोनियल वैलेस बिना कुछ कहे मुझ पर इतना अंतरंग विश्वास करने लगा। लेकिन यह सच था। मैं समझता हूँ कि अपने इस मनगढ़ंत और अवास्तविक प्रसंग की असलियत को बचाने के लिए वह उसे साझा करने के लिए आगे बढ़ा और मैंने उसे मान देना स्वीकार कर लिया, हालाँकि केवल निराशा ही मेरे हाथ आई। फिर उसने आतुरता से भरकर कहना शुरू किया, मुझे उस वृत्तांत की तन्मयता ने बेबस कर दिया है।

जरा ठहरकर उसने बात आगे बढ़ाई, मुझे पता है, मैं लापरवाह हो गया था। यह कोई भूत-प्रेत या आत्मा की कहानी नहीं है, बल्कि रेडमंड, यह एक बहुत अजीब सा प्रसंग है। यह मुझे बेचैन किए हुए है। मुझे एक ऐसी कहानी ने भीतर तक भेद रखा है, जिसने मेरे चारों तरफ के सारे प्रकाश को सोख लिया है और मैं एक भटकाव की स्थिति में आ गया हूँ।

वह कुछ देर के लिए फिर चुप हो गया। एक अजीब से असुविधाजनक, लाज भरे भाव ने उसे चुप करा दिया, वैसे ही जैसे हम अपने दोस्ताने के बीच छोकरियों या किसी गंभीर प्रसंग को शुरू करने के पहले हो जाते थे।

उसने कहा 'तुम्हारी पढ़ाई शुरू से ही सेंट एलथेल्स्तन स्कूल में हुई' और फिर चुप हो गया। मुझे यह शुरुआत निहायत वाहियात लगी। उसने अपनी बात खुद से लुका-छिपी खेलते हुए से ढंग से शुरू की, लेकिन बाद में वह सहज हुआ और उसने अपनी जिंदगी के कई छिपे

हुए प्रसंगों को, कई खूबसूरत लम्हों की लाज भरी यादों को और अपनी बहुत सी उन सुषुप्त इच्छाओं को मुझसे साझा करने लगा, जिसके आगे दुनिया का तमाम दूसरा आकर्षण उसके लिए नीरस और सतही था।

अब उसके चेहरे पर उसके भीतर के बहुत से मनोभाव और उसकी उत्कंठा की तसवीर उभर आई थी और मुझे उसे पढ़ते हुए उसकी बेचैनी तक पहुँच पाने का जरा सा रास्ता नजर आने लगा था। मैंने जैसे कुछ पा लिया था, जिसमें मैं उसकी अपने बाहरी परिवेश से विरक्ति को उसकी सघनता के साथ समझ सकता था। मुझे याद आया, एक बार किसी महिला ने लोनियल के बारे में मुझे बताया था— किसी स्त्री से वह बहुत प्रेम करता था और अचानक उसका उस स्त्री के प्रति लगाव एकदम खत्म हो गया वह हमें-तुम्हें सबको भूल जाता है और सबके प्रति एकदम उदासीन हो जाता है।

लेकिन यह उदासीनता उसके भीतर एक स्थायी भाव नहीं बनी। लोनियल वैलेस की चेतना संसार की ओर वह एक असाधारण कामयाब इनसान बन गया। उसको काम-धंधे में तरक्की मिली। मुझे पछाड़कर वह न जाने कब का आगे बढ़ चुका था और वह नाम और शोहरत की उस ऊँचाई तक पहुँचा, जहाँ मैं कोशिश करके भी नहीं पहुँच पाया। उसकी उम्र अभी भी सिर्फ उनतालीस साल की थी और लोगों का कहना था कि अगर वह जिंदा रहा होता तो जरूर नई संसद् में उसकी जगह होती। स्कूल में वह हमेशा बिना किसी मुश्किल के मुझसे आगे रहता था। स्कूल से लेकर वेस्ट केनसिंग्टन में बने सेंट एलथेल्स्तन कॉलेज में वर्षों तक हम साथ-साथ पढ़ते रहे। स्कूल में उसका दाखिला मेरे साथ मेरे बराबर ही हुआ था, लेकिन देखते-देखते अपने परीक्षा परिणामों और छात्रवृत्तियों के दम पर स्कूल भर में छा गया। मैंने भी खुद को औसत से बेहतर ही बनाकर रखा, अपने स्कूल में ही मैंने उससे सबसे पहले दीवार में दरवाजे का जिक्र सुना था और उसके बाद अब

उसकी मौत के बस एक महीना पहले।

उसके अनुसार उस दीवार में दरवाजा एक सचमुच का दरवाजा था, उस सचमुच की दीवार के पार जिसके उस तरफ बहुत सारी, कभी न खत्म होनेवाली अनंत खुशियाँ थीं। अब मुझे लगने लगा है कि वह सब सच ही रहा होगा।

जब यह प्रसंग उसकी जिंदगी में घटा उस समय वह बस पाँच-छह साल का बच्चा रहा होगा। मुझे बहुत अच्छी तरह याद है कि जब वह मेरे सामने बहुत धीमे स्वर में यह प्रसंग साझा करने बैठा था, उसने मुझे उस घटना की तारीख भी सोच कर बताई थी। उसने बताया था, वहाँ एक सफेद चट्टी दीवार थी, जिसपर धूप चमक रही थी और उसके ऊपर एक रेंगनेवाला कीड़ा बैठा हुआ था। यह बहुत साफ-साफ तो याद नहीं आ रहा है, लेकिन दीवार में एक दरवाजा था, जिसका रंग हरा था। उस दरवाजे के बाहर एक चबूतरा बना था। दरवाजे के पास एक बेल फैली हुई थी, ऐसी बेल जो मुझे बहुत पसंद थी और मैं हर बरस उसके पत्ते इकट्ठा किया करता था। उस चबूतरे पर कुछ पत्ते बिखरे हुए थे, जो एक दम हरे थे। इसका मतलब था कि वह ताजे थे और अभी तक सूखकर भूरे बादामी नहीं हुए थे। वह जरूर अक्तूबर का महीना रहा होगा, क्योंकि इस महीने में ही वह मेरी मन-पसंद बेल सबसे ज्यादा हरी होती है और अगर मैं गलत नहीं हूँ तो उस समय मैं पाँच साल और चार महीने का हुआ था।

उसने बताया कि उसका जन्म समय से पहले हो गया था। उसने आश्चर्यजनक रूप से बहुत छोटी उम्र से ही बोलना सीख लिया था। वह शुरू से ही इतना समझदार और सयाना था, जितने कि दूसरे सामान्य बच्चे सात-आठ बरस के बाद जाकर होते होंगे। उसकी माँ की मौत उसके पैदा होने के दो साल बाद ही हो गई थी और वह एक लापरवाह, लेकिन सख्त मिजाज नर्स के हाथों पल-बढ़ रहा था। उसका बाप एक

निर्दयी किस्म का इनसान था। वह पेशे से वकील था, उसका ध्यान बच्चे के पालन-पोषण पर तो नहीं रहता था, लेकिन वह बेटे से बहुत सी जिम्मेदारी की उम्मीद रखता था। इन्हीं सब वजहों से उसकी जिंदगी बहुत नीरस और दु:खभरी थी, इसी के चलते एक दिन वह इधर-उधर भटक निकला।

उसे यह कतई याद नहीं रहा कि वह किस उपेक्षा से दुखी होकर भटकाव की ओर चल पड़ा, वह वेस्ट केनसिंग्टन की किन सड़कों पर भटक गया था, यह भी उसकी स्मृति से लोप था, लेकिन जो बात उसे बखूबी याद थी, वह थी सफेद दीवार और उसमें बना हरा दरवाजा।

उसकी स्मृति में बचपन का वह दृश्य साफ उभरकर आ गया। उस दरवाजे को देखते ही वह एक अजीब से मनोभाव से भर उठा। वह दरवाजा मानो उसे अपनी ओर खींचने लगा। वह अपनी इच्छा भर उतावला हो उठा कि वह भागकर जाए और उस दरवाजे के पार निकल जाए। उसके विवेक में यह क्या स्पष्ट था, कि इस तरह किसी दरवाजे के पार चले जाना अकलमंदी नहीं है या यह गलत काम है, यह नहीं कहा जा सकता, लेकिन दरवाजे के उस आकर्षण के सामने एक विवेक तो था, जो रुकावट बन रहा था। लेकिन दरवाजा खुला हुआ था और वह इच्छापूर्वक उसके पार जा सकता था।

मैं उस छोटे बच्चे के चेहरे के उतार-चढ़ाव को पढ़ पा रहा था, जिस पर आकर्षण और हिचकिचाहट की लहरें आ-जा रही थीं। यह बात भी सोच के परे नहीं थी कि उसके पिता को जब उसके इस तरह दरवाजे के भीतर चले जाने का पता चलेगा तो वह बेहद नाराज होंगे।

लोनियल वैलेस ने अपने संकोच के उन पलों का हाल मुझे बहुत विस्तार से बताया। फिर वह दरवाजे की ओर बढ़ा। उसने अपने हाथ जेब में डाल लिये और निहायत बाल-सुलभ ढंग से सीटी बजाते हुए वह दीवार के छोर तक आगे बढ़ता चला गया। जैसा कि उसने याद

करके बताया, वहाँ दरवाजे के बाहर कई खोके टाइप मैली-कुचैली दुकानें थीं। नल और पाइप का काम करनेवाला प्लंबर, सस्ते सजावटी सामान बेचनेवाला, टिन और तामचीनी के छोटे-बड़े मग्घे और तमाम ऊटपटाँग चीजें, वह कुछ देर बेमतलब उन दुकानों के सामने खड़ा होकर वह सामान देखने लगा, लेकिन नजर उसकी उस हरे दरवाजे पर ही टिकी हुई थी।

फिर उसने आगे बताया उसे अचानक किसी भावनात्मक आवेग ने बाँध लिया और वह तेजी से उस दरवाजे की और दौड़ पड़ा, ऐसे कि किसी संशय को उसे रोक पाना संभव नहीं रह गया। उसके हाथ की थपकी सीधे उस दरवाजे पर पड़ी और वह उसे पार करके भीतर उस बगीचे में पहुँच गया, जो उसे न जाने कब से बेचैन किए हुए था और उसकी उम्र भर की साध बन गया था।

लोनियल वैलेस के लिए उस बगीचे में पहुँच जाने की अनुभूति मुझे बता पाना बहुत कठिन हो गया था।

वहाँ की हवा में कुछ बेहद खास था, जो वह साँस के जरिए फेफड़ों में उतरकर बहुत अद्‌भुत, सुंदर और सुखद एहसास से परिचय करा रही थी। उस हवा की पारदर्शिता का प्रभाव अनोखा था, जिसमें परिवेश के सारे रंग बहुत खुलकर बिखरे हुए लग रहे थे और जैसे उनमें से कोई विशेष आभा फूट रही थी। उस बगीचे में आ खड़ा होना एक अनूठा और विरल सा अनुभव था, जो मन को आनंद से सराबोर कर रहा था। वहाँ सबकुछ इतना खूबसूरत था कि इस दुनिया का कोई भी बच्चा उसे देखकर प्रसन्नता का इतना अतिरेक पा सकता था, जितना उसे अब तक कभी नहीं मिला होगा।

मुझे बताते समय प्रसन्नचित्त भाव में मग्न वैलेस जरा ठहरा और फिर उसने आगे कहना शुरू किया, देखो, उसके हाव-भाव में ऐसा विस्मय छलक रहा था, जो किसी अकल्पनीय दृश्य को देखकर संशय

से उपजता है। उसने कहा, वहाँ पर तो बड़े तेंदुए थे···सचमुच, चितकबरे तेंदुए और मुझे उनसे कोई डर नहीं लग रहा था। लंबी दूरी तक जाता हुआ एक चौड़ा रास्ता था, जिसके दोनों ओर संगमरमर की छोटी बाड़ लगी हुई थी और उनके पीछे रंग-बिरंगे फूलों की क्यारियाँ थीं। उन्हीं के बीच यह दोनों बहुत बड़े और मखमली से दिखनेवाले तेंदुए एक गेंद से खेल रहे थे। फिर एक तेंदुए ने मेरी तरफ देखा और मेरे पास बढ़ आया। मैंने उसके कोमल सुडौल कानों पर हाथ फेरा। मेरे छोटे हाथ उसे छूकर और पकड़कर बहुत अच्छा महसूस कर रहे थे। ऐसे विलक्षण अनुभव से भरा वह बगीचा सचमुच बहुत अनोखा था। और कितना बड़ा था बगीचा! अरे बाप रे, दूर तक फैला हुआ, चारों तरफ, एक छोर पर बहुत बड़ी पर्वत-शृंखला नजर आ रही थी। भगवान् जाने, यह सब वेस्ट केनसिंग्टन में किस तरह आ गया था और मुझे ऐसा लग रहा था जैसे मैं अपने घर ही आ गया हूँ।

कहते-कहते अपने में खोता हुआ वैलेस जरा चुप हो गया, लेकिन उसने फिर आगे कहना शुरू किया।

क्या बताऊँ, जैसे ही उस दरवाजे ने मुझे अपने भीतर लिया, मैं वह सड़क भूल गया, जिसके चबूतरे से लगी वह खूबसूरत मेरी मन-पसंद बेल फैली थी। मैं उन दुकानदारों के खोके भूल गया, मैं घर या किसी भी तरह के अनुशासन की शर्त भूल गया, मेरे भीतर से सारा भय और संकोच हवा हो गया, यहाँ तक कि मैं जिंदगी की दूसरी सारी हकीकत भूल गया। उस एक ही पल में मैं किसी दूसरे लोक का नन्हा बच्चा बन गया, जो भीतर तक आनंद विभोर था। यह एक बिल्कुल दूसरी ही तरह की दुनिया थी। इसमें गुनगुनी गरमाहट थी, रोशनी में बहुत ही खुशनुमा उजास था, छितराए हुए बादलों के बीच आकाश की नीलिमा को सूरज की किरणें कुछ खास ही आभा दे रही थीं। मेरे सामने दूर तक जाता हुआ एक रास्ता था, जिसके दोनों ओर ऐसे मनोरम फूलों

से भरी क्यारियाँ थीं, जिनका सौंदर्य मानो अलौकिक था और थे दो बड़े तेंदुए। मैं निडर होकर उनके रेशमी मुलायम फर पर अपने हाथ फेर रहा था, उनके कानों को छू रहा था और कान के नीचे उस संवेदनशील हिस्से को टटोल रहा था, जिसको छू लेने भर से वह सिहर जाते थे और उनकी ओर से मुझे ऐसा स्नेह मिल रहा था, मानो वह मेरा वहाँ स्वागत कर रहे हों। मैं उस समय ऐसा महसूस कर रहा था, जैसे मैं अपने घर में सहजभाव से पहुँचा होऊँ। उसी समय सामने रास्ते पर एक सुंदर सी लंबे कद की लड़की नजर आई। वह सीधे बढ़ते हुए मेरे पास आकर खड़ी हो गई और उसने मुझसे पूछा, कैसे हो? फिर उसने मुझे अपने हाथों से उठा लिया, मुझे पुचकारा और फिर मुझे उतारकर मेरी उँगली थामे हुए अपने साथ ले चली। मेरे मन में कोई अचरज या कौतूहल का भाव नहीं उपजा, लेकिन मेरा मन किसी ऐसी आनंदमयता से भर गया जो पता नहीं क्यों, अब तक अनदेखी और खोई हुई थी। आगे रास्ते में लाल रंग की चौड़ी सीढ़ियाँ थीं, कँटीले तारों की बाड़ से आगे बढ़ने पर ही नजर आई थी। उनसे ऊपर चढ़कर हम एक बहुत ही पुराने और विशाल छायादार पेड़ के सामने पहुँच गए। और उसके नीचे पता है, लाल दरारों से सज्जित पेड़ के तनों के घेरे के बीच खूबसूरत पत्थर की कई कुरसियाँ बनी हुई थीं, जिन पर आराम से मौज लेते हुए बैठा जा सके और उसके आसपास सुंदर सफेद बत्तखें बहुत दोस्ताना ढंग से घूम रही थीं।

इस बेहद मनमोहक वातावरण में मेरी वह सखी मुझे लेकर आगे चल रही थी। वह समय मेरी स्मृति में ठहरा हुआ है, उसका अपनापन भरा चेहरा और उसकी मधुर आवाज, वह मुझसे बहुत नरमाई से कुछ-कुछ पूछती जाती थी और उसके जवाब में मुझे बहुत कुछ नया और मजेदार बताती भी जाती थी। इतना मुझे याद है, लेकिन हमारे बीच क्या-क्या बातें हुईं, मैं वह सब अभी याद नहीं कर पा रहा हूँ, अभी मेरे

सामने एक फ्रांसीसी बंदर है। बहुत साफ-सुथरा। उसके रोएँ भूरे हैं और उसकी आँखों में एक आत्मीयता का भाव है। वह एक पेड़ से नीचे उतरा और मेरे बगल से दौड़ गया। उसने मेरी तरफ देखकर अपने दाँत चियारे और आकर मेरे कंधे पर हल्की सी थपकी दी, फिर हम अपने रास्ते पर आगे बढ़े।

कहते-कहते वह रुका।

हूँ मैंने हुंकारी भरी और कहा, फिर आगे…

उसने आगे कहना शुरू किया, मुझे बहुत ज्यादा याद नहीं है, फिर हमारा सामना एक बूढ़े आदमी से हुआ, जो तरह-तरह से सबका मनोरंजन कर रहा था, इतना तो मुझे बखूबी याद है कि वह एक बहुत ही मनमोहक और शीतलता देनेवाली जगह थी। उस बगीचे में सुंदर झरने लगे हुए थे। वहाँ सबकुछ दुनिया का सर्वश्रेष्ठ हाजिर था, जहाँ आकर दिल की सारी इच्छाएँ पूरी हो सकती थीं। वहाँ बहुत से लोग थे, सब-के-सब बहुत ही सहृदय और प्रसन्नचित्त दिखनेवाले, सब के हावभाव से यह स्पष्ट हो रहा था कि वह मुझे वहाँ देखकर खुश हो रहे हैं, उनके चेहरों की भाषा और उनकी छुवन यह बता रही थी कि मेरा वहाँ स्वागत है। उन्होंने जिस प्रेमभाव से मेरा हाथ थामा था, उसका ठीक यही मतलब था।

कहते-कहते, बहुत आल्हाद से भरा हुआ वैलेस जरा रुका और फिर आगे बोल पाने की स्थिति में आ पाया, मुझे वहाँ खेलने के लिए साथी मिले। मैं चूँकि बहुत अकेला बच्चा था, इसलिए यह संग साथ मेरे लिए किसी नियामत से कम नहीं था। वह सब मेरे साथ मखमली घास के मैदान में खेलते रहे। वहाँ एक गोल दायरे में बनी क्यारी भी थी, जिसमें बहुत से रंग-बिरंगे फूल खिले हुए थे और उनके बीच खेलने में मुझे बहुत मजा आ रहा था।

ओह मेरी याददाश्त जरा चूक रही है, मैं बता नहीं पा रहा हूँ कि

हमने क्या-क्या खेल खेले। मैं उसके बाद बहुत जोर देकर और रो-रोकर याद करने की कोशिश करता रहा कि वह क्या खेल थे, ताकि मैं उन्हें बाहर के साथियों के साथ फिर खेल सकूँ, लेकिन वह मुझे याद नहीं आए, सिवाय इस अनुभूति के कि वह समय बहुत ही आनंदमय था और मैं उस आनंद को याद कर सकता था। हाँ, मुझे वहाँ के वह दो दोस्त बेशक याद थे, जो मुझसे बहुत हिल-मिल गए थे। फिर एक साँवले से चेहरेवाली स्त्री से मेरा सामना हुआ। वह एक लंबा सा, पीला धूसर रंग का गाउन पहने थी। उसका चेहरा जरूर कुछ उदासी भरा था, लेकिन उसकी आँखें स्वप्निल थीं और उसने अपने हाथ में एक किताब थामी हुई थी। मुझे देखकर उसने मुझे आँखों से आने का इशारा किया और उसके बाद वह मुझे एक हॉल के उस पार एक गैलरी में ले गई। मैं जब उस स्त्री के साथ जा रहा था, तब मेरे खेल के साथियों ने अपना खेल रोक दिया और फिर मेरी तरफ देखकर उन्होंने चिल्लाकर कहा, हमारे पास लौटकर जल्दी आना।

साथियों की इस पुकार पर मैंने उस स्त्री के चेहरे की तरफ देखा, लेकिन उसने इस पुकार को बिल्कुल अनसुना कर दिया। उस स्त्री का चेहरा बहुत सौम्य और गंभीर था। वह मुझे लेकर भीतर गैलरी में गई और एक सीट पर मुझे लेकर बैठ गई। मैं भी उसके साथ बैठ गया। मेरे भीतर अब उस स्त्री के हाथ में ली हुई किताब के प्रति उत्सुकता थी। उस स्त्री ने किताब को अपने घुटनों पर रखा और खोलना शुरू किया। वह एक अद्भुत किताब थी, जिसमें सारे चित्र सजीव थे। उस किताब में मैंने खुद को देखा। दरअसल, वह मेरी ही कहानी कहती हुई किताब थी। उसमें मेरे जन्म से लेकर अब तक की वह सब घटनाएँ और वृत्तांत चित्रित थे, जो मेरे जीवन में घटे थे। वह सचमुच बहुत ही रोमांचकारी अनुभव था, ऐसी किताब जिसके पन्नों में असली जिंदगी की सजीव तसवीरें देखी जा रही थीं।

इतना कहकर वैलेस जरा ठहरा और उसने मेरे चेहरे को ऐसे देखा, जैसे मैं उसके कहे का विश्वास नहीं कर रहा हूँ।

मैंने उसका विश्वास लौटाया, आगे सुनाओ, मैं समझ रहा हूँ।

उस किताब में वह सब मेरे असली जीवन के वृत्तांत थे। सचमुच। उसमें लोग आ-जा रहे थे। मेरी प्यारी माँ, जिसे मैं आज तक नहीं भूला हूँ, मेरे कठोर हृदय पिता, मेरे घर के नौकर लोग और मेरे घर के बहुत सारे जाने-पहचाने दृश्य, फिर इस बगीची का बाहर का दरवाजा, वहाँ की भीड़ भरी सड़क। मैंने अचंभित होते हुए उस स्त्री का चेहरा देखा फिर किताब के आगे के पन्ने सरसराने लगा। अंत में वह नजारा सामने आया, जब मैं असमंजस और कौतूहल से भरा उस सफेद दीवार से लगी बगीची के हरे दरवाजे के सामने खड़ा था और अपने डर और अपनी उत्सुकता से जूझ रहा था। उसके बाद···? मैंने उतावलेपन से भरकर उस स्त्री से पूछना चाहा, लेकिन उसके हाथ की ठंडी छुवन ने मुझे रोक दिया। आगे क्या है? मैं जिद्दी हो उठा और मैंने अपने छोटे-छोटे हाथों से उस स्त्री की उँगलियों को अपनी ओर भरसक खींचना चाहा। लेकिन वह स्त्री विचलित नहीं हुई, वह मुझ पर एक परछाईं की तरह झुकी और उसने मेरी पलकें चूम लीं।

आगे किताब में कुछ भी नहीं दिखा, न वह मनमोहक बगीची, न वह तेंदुए, न वह लड़की, जो मुझे उँगली पकड़कर ले गई थी। वह बच्चे भी नहीं नजर आए, जो मेरे साथ और खेलने को उतावले हो रहे थे। सामने बस लंबी सड़क नजर आ रही थी। ढलती शाम का वक्त हो रहा था और चिराग बत्ती जलने में अभी देर थी। मौसम बहुत ठंडा हो गया था और मैं वहाँ खड़ा रो रहा था। रोते समय मेरी आवाज तेज थी। मेरे मन में इस बात का घर दु:ख था कि मैं खेलते हुए उन दोस्तों के पास वापस नहीं जा पाया, जो मुझे बार-बार वापस बुला रहे थे, जल्दी आना, लौटकर जल्दी आना।

मैं बाहर खड़ा रो रहा था और यह कोई किताब का दृश्य नहीं था, बल्कि एक जिंदा हकीकत थी। वह खूबसूरत बगीची, वह माँ के हाथ जैसा कोमल स्पर्श जिसके घुटने पर झुककर मैं किताब देख रहा था, वह सब गायब हो गया…कहाँ गया वह सब? कहाँ गया?

वह फिर चुप हुआ और अपने सन्नाटे में खो गया।

ओह, यह वापसी कितनी दर्द भरी रही। वह धीरे से बुदबुदाया।

आह, सचमुच…उसके बाद…? मिनट भर चुप रहकर मैंने पूछा।

मैं एक बेचारा बदनसीब बच्चा था तब, जो एक बार फिर इस बेरहम दुनिया में ला पटका गया था। जब मेरी चेतना लौटी, मुझे बहुत सी बातों का एहसास हुआ और मेरे भीतर से मेरा बेकाबू दुःख बह निकला…शर्म और हताशा से भरा मैं खुले आम रोता हुआ घर लौटने लगा। मुझे अभी भी वह सुनहरे फ्रेम के चश्मेवाला बुजुर्ग आदमी याद है, जिसने मुझे अपने छाते में समेटते हुए मुझसे पूछा था, प्यारे नन्हे बच्चे, क्या तुम घर का रास्ता भूल गए हो? और मैं लंदन में ही रहनेवाला पाँच बरस से भी बड़ा बच्चा एक पुलिसवाले के साथ, रोता-सुबकता, डरा हुआ सा घर पहुँच रहा था। भीड़ रुक-रुककर मुझे देख रही थी। वह बेहद मनमोहक बगीची पीछे छूट गई थी और मेरे आगे अब बस मेरे पिता का घर था।

बस, इतना ही है, जो मैं उस बगीची के बारे में याद कर सकता हूँ। वह बगीची मुझे बेहद याद आती है और वह याद मुझे अब भी कचोटती है। यह भी सच है कि मैं उस अद्भुत, धुँधलाई सी अलौकिक दुनिया के अनुभव के बारे में किसी को बता नहीं सकता। वह सच्चाई, जो दुनिया की रोजमर्रा की हकीकत से बहुत फर्क है, लेकिन जो मेरे साथ सचमुच घटित हुई थी। अगर वह सपना भी है, तो भी वह दिनदहाड़े देखा गया अजीबोगरीब सपना है। हूँ, जाहिर सी बात है कि इस पर मुझे न जाने कितने और कैसे मुश्किल सवालों का सामना करना पड़ा। मेरी चाची,

मेरे पिता, मेरी नर्स और गवर्नेस सब-के-सब मेरे पीछे पड़ गए थे।

मैंने उन्हें बताना भी चाहा, लेकिन मेरे पिता ने मुझे झूठ बोलने के लिए सजा दी। बाद में मैंने अपनी चाची को बताना चाहा तो उन्होंने भी यही कहते हुए मेरे कान खींचे कि मैं अब भी अपनी बदमाशी पर कायम हूँ। फिर जैसा कि मैंने बताया, सबने जिद पकड़ ली कि वह मुझसे इस बारे में कुछ नहीं सुनेंगे। यहाँ तक कि मुझसे मेरी कहानियों की किताबें भी छीन ली गईं, क्योंकि मैं बहुत ज्यादा मनगढंत बातें बनानेवाला कहा गया। सच कह रहा हूँ, मेरे साथ ऐसा ही बरताव हुआ। मेरे पिता पुराने जमाने के स्कूल से पढ़े हुए व्यक्ति थे और वह मेरी कहानी को मेरी मक्कारी बताते जा रहे थे। मैंने अपना यह दुःख अपने तकिए को कह सुनाया। मेरा तकिया जो अकसर मेरे मुँह से बही लार और मेरे आँसुओं से तर और नमकीन बना रहता था। मैं भगवान् से अपनी बहुत ही निराली और अजीब सी प्रार्थना करते हुए कहता था, हे भगवान्। मुझे मेरे सपनों की उस बगीची में ले चलो। मुझे वहाँ ले चलो मेरे प्रभु···मैं अकसर उस बगीची का सपना देखता था। उसमें बहुत कुछ नया भी जुड़ता रहता था। पता नहीं शायद मैं उसे नए सिरे से भी गढ़ता रहता था। तुम यह समझ सकते हो, मेरे सपने के इस रचने टूटने के क्रम में मेरे उस अनोखे अनुभव की ही भूमिका थी। उस खास अनुभव और बाकी बचपन के अनुभव के बीच एक चौड़ी खाई है। उसके बाद एक समय ऐसा आया, जो मेरे लिए यह असंभव हो गया कि मैं उस अनोखे अनुभव की चर्चा किसी से करूँ।

इतना सुनकर मेरे मन में वैलेस से एक बहुत स्वाभाविक सा सवाल उठा—क्या उसके बाद शुरुआती वर्षों में तुमने फिर कभी उस बगीची तक पहुँचने की कोशिश की?

वैलेस का उत्तर था, नहीं।

अब मुझे उसका यह जवाब बहुत अजीब लगता है, लेकिन जो

स्पष्टीकरण उसने दिया, वह भी वजन रखता है। उस दिन के बाद से उस पर सब लोग गहरी नजर रखने लगे थे। उसका कहीं आना-जाना बहुत सी पाबंदियों से बँध गया था। आगे जैसा उसने बताया कि आठ-नौ बरस की उम्र होते-होते वह इस बगीची प्रसंग को लगभग भूल गया। उसने याद दिलाया, तब वह स्कूल में मेरे साथ पढ़ने आ गया था। वैसे वह भूल जाना भी कुछ अटपटा लगनेवाला था, लेकिन साथ ही उसने यह भी कहा कि उसने वहाँ कभी किसी को यह नहीं जाहिर होने दिया कि उसके कुछ खास गोपनीय सपने भी हैं।

2

कहते-कहते उसके चेहरे पर अचानक एक मुसकान तैर आई, उसने मेरे आगे एक सवाल रख दिया, तुमने कभी मेरे साथ उलटे-सीधे रास्तेवाला खेल खेला है? नहीं न, उसने आगे कहना शुरू किया—वह एक खास तरह का खेल था, जिसे सभी खुराफाती बच्चे खेलते रहते थे। इस खेल में घर से स्कूल पहुँचने के नए-नए रास्ते खोजने होते थे। मेरे घर से स्कूल का रास्ता बहुत सीधा था। खेल यह था कि घर से जरा जल्दी निकलो और कोई भी अनजान सी उलटी गली या सड़क पकड़कर स्कूल पहुँचने का नया रास्ता खोजो। एक बार मेरे साथ बहुत गड़बड़ हुआ। मैंने एक ऐसी अनजान सड़क पकड़ ली, जो गंदी सी बस्ती से होती हुई कैंपडेन पहाड़ी के दूसरी तरफ निकलती थी। उस पर जाते हुए मुझे लगने लगा कि मैं फँस गया हूँ और मुझे स्कूल पहुँचने में जरूर देर हो जाएगी। मैंने परेशान होते हुए यूँ ही एक रास्ता पकड़ा और पाया कि अब वह मुझे देर से पहुँचने से बचा लेगा। मैं तेजी से चलने लगा। आगे बढ़ते हुए मुझे लगा कि यह तो मेरा जाना-पहचाना रास्ता है…कच्ची खोके टाइप दुकानें भी कुछ देखी हुई सी लगीं और अचानक मुझे वहीं एक लंबी सफेद दीवार नजर आई, जिसमें हरे रंग का दरवाजा था जो

उसी मनमोहक बगीची में जाता था, मैं आश्चर्य और अतिरेक से भर उठा, यानी कि यह बगीची एक सचमुच की जगह है, न कि मेरा एक काल्पनिक सपना!

वह पल भर को खामोश हो गया। आगे उसने फिर बोलना शुरू किया—बगीची में जानेवाले हरे दरवाजे के सामने होने के मेरे दूसरे अनुभव ने मुझे नया एहसास दिया कि एक स्कूल जानेवाले व्यस्त बच्चे के लिए एक ऐसी जगह भी है, जहाँ भरपूर आनंद की अनोखी दुनिया सचमुच है। लेकिन इस बार उस दरवाजे के सामने होने ने मुझे जरा सा भी विचलित नहीं किया, जो मैं बगीची में जाने को उतावला हो जाऊँ। मेरे दिमाग में यह पूरी तरह साफ था कि मुझे स्कूल ठीक समय पर पहुँचना है। मैं अपने कभी भी देर से न आने का क्रम तोड़ना नहीं चाहता था। ऐसा नहीं था कि मैं उस बगीची तक पहुँचकर भीतर जाने को उतावला नहीं था। मेरे भीतर उसे खोज पाने की भी बहुत खुशी थी, लेकिन भीतर जाने में बाधा यह थी कि मैं समय से स्कूल पहुँचने के प्रति भी जागरूक था। मेरी इस खोज ने मुझे आह्लाद से भर दिया था, लेकिन मैं रुका नहीं और तेजी से स्कूल की तरफ बढ़ता रहा और बार-बार घड़ी देखता रहा। मेरे पास अभी भी समय था, जो मैं फुरती से बढ़कर समय से स्कूल पहुँच सकता था और मैं इसी कोशिश में लगा था। आखिर पसीने से लथपथ मैं ठीक समय पर स्कूल पहुँच गया। ओह...

उसने कुछ सोचते हुए मेरी तरफ देखा।

उस दिन मैं बगीची की तरफ नहीं गया। अगले दिन स्कूल केवल आधे दिन का था। बगीची का खयाल मेरे दिमाग पर लदा हुआ था फिर भी पता नहीं क्यों, शायद इस विचार से कि आधा दिन वहाँ जाने के लिए कम है, मैं उधर नहीं निकला, लेकिन वह बगीची मेरे दिमाग पर इतनी हावी रही कि मैं उसे खुद तक सीमित नहीं रख सका।

मैंने उससे यह प्रसंग साझा किया, वो क्या नाम था उसका, जिसे

हम सब घामड़ कहकर चिढ़ाते थे?

यंग हॉपकिंस! मैंने याद दिलाया।

हाँ हॉपकिंस! मुझे खुद उसे यह सब बताना ठीक नहीं लगा, लेकिन मैं खुद को रोक नहीं सका। मेरे घर की ओर जाने के लिए उसका रास्ता भी काफी दूर तक एक ही था। तुम तो जानते ही हो, वह एक बातूनी लड़का था। हम साथ-साथ जा रहे थे। अगर मैं चुप रहता तो वह ही कुछ-कुछ बोलता चलता। ऐसे में मुझे ही खुद पर काबू नहीं रहा और मेरे पास उस बगीची के अलावा और कुछ कहने बोलने के लिए था ही नहीं। बस, इस तरह मैं फट पड़ा।

और उस लड़के ने मेरे उस भेद को सबसे कह दिया। अगले दिन खेल की छुट्टी के समय मैंने खुद को करीब आधा दर्जन बड़े लड़कों से घिरा पाया। वह सब मुझसे थोड़ा चिढ़ाने के मूड में और थोड़ा उत्सुकता से भरकर उस बगीची के बारे में सवाल करने लगे। एक वो था लंबू, फौसेट और कर्नाबी और वो मोरले रेनौल्ड···सब-के-सब मेरे पीछे पड़ गए। तब तुम नहीं थे शायद, नहीं, अगर तुम होते तो मुझे जरूर याद होता।

मैं एक अजीब से खयालोंवाला लड़का बना उनके बीच खड़ा था। उस समय मेरे भीतर इस भेद के खुल जाने की थोड़ी लज्जा थी, लेकिन साथ ही इस बात का मान भी कि मैं इतने लोगों की रुचि का विषय बनकर वहाँ घिरा हुआ हूँ। मुझे अच्छी तरह से याद है कि जब क्रशाव ने मेरी तारीफ की थी तो मैं गर्व से फूल उठा था, अरे वही क्रशाव मेजर, मशहूर गीतकार का बेटा···उसने कहा था कि यह उसका अब तक का सुना हुआ सबसे खूबसूरत झूठ है। लेकिन उसके साथ ही उस समय बहुत से तकलीफ भरे अनुभव भी मुझे हुए थे, जिनका कारण मेरे उस मनभावन प्रसंग पर किए गए बेहूदा फिकरे थे। उस कमीने फौसेट ने बगीची में मुझे मिली उस लड़की के बारे में गंदा मजाक किया था।

कहते-कहते वैलेस का गला रुँध आया। वह उस शर्मनाक स्थिति को याद करके सिहर उठा था। मैंने उसकी इस मन:स्थिति को अनदेखा करने की कोशिश की। उसने आगे बताया—कर्नाबी ने मुझे जमाने भर का झूठा करार दे दिया। जब मैंने कहा कि यह सब सच है तो वह मुझसे झगड़ पड़ा। मैंने कहा कि मुझे पता है कि वह बगीची कहाँ है और मैं सब को वहाँ दस मिनट में ले जा सकता हूँ, तो कर्नाबी उत्तेजित हो गया। बोला कि या तो मैं अपनी बात साबित करूँ या भुगतने को तैयार रहूँ। क्या तुम्हें याद है कि कर्नाबी कैसे किसी की बाँह मरोड़कर उसे सताता है? अगर याद होगा, तभी तुम समझ पाओगे कि मुझ पर क्या बीती थी। मैंने कसम खाई कि मैं सच कह रहा हूँ। स्कूल में उस समय और कोई नहीं था, जो मुझे कर्नाबी से बचा सकता, हालाँकि क्रशाव ने थोड़ी कोशिश जरूर की। कर्नाबी को तो अपना मौका मिल गया था। उत्तेजना में मेरे कान लाल हो गए थे और मैं थोड़ा घबराया हुआ भी था। अब यह हाल था कि अपनी उस मनभावन बगीची की ओर अकेले जाने के बजाय, मैं छह शैतान, उद्दंड और मुझे धमकियाते लड़कों के साथ बढ़ रहा था। मेरे गाल आँसुओं से भीगे थे, कान लाल हो रहे थे, मन में गहरी शर्मिंदगी भरी टीस थी और नतीजा क्या निकला?

हम वह सफेद दीवार और हरा दरवाजा नहीं खोज पाए।

क्या? मैं भौंचक रह गया।

हाँ, मुझे वह जगह नहीं मिली। उसके बाद मैं वहाँ अकेला भी गया और वह जगह मुझे नहीं मिली। मैं वह जगह कभी नहीं ढूँढ़ पाया। अपने समूचे स्कूली दिनों में मैं वह जगह तलाशता रहा, लेकिन कभी कामयाब नहीं हुआ, कभी नहीं।

तब तो उन लोगों ने उत्पात मचा दिया होगा? मैंने हैरान होकर पूछा।

उफ्फ, क्या बताऊँ, उस जालिम कर्नाबी ने मेरे इस सफेद झूठ पर

एक मोरचा खड़ा कर दिया। मैं भूला नहीं हूँ कि मैं कैसे लँगड़ाता हुआ और अपने बदन की सूजन छिपाता हुआ घर पहुँचा। उसके बाद मैं अकेले में रोया, लेकिन मेरे उस रोने की वजह कर्नाबी की करतूत नहीं थी, बल्कि उस बगीची की याद थी, वह मनभावन दोपहर, वह खूबसूरत लड़की और मेरे साथी, जिनका मैं नाम नहीं याद कर पा रहा हूँ।

मैं बार-बार यह सोचता रहा कि मुझे यह प्रसंग किसी से साझा नहीं करना चाहिए था। मेरी वह रात रोते हुए बीती। स्कूल में लगातार दो परीक्षाओं में पिछड़ता गया और मेरे नंबर खराब आए। तुम्हें जरूर याद होगा, जब तुमने मुझे गणित में पछाड़ दिया था और तभी मेरी चेतना जागी थी।

3

फिर कुछ देर मेरा दोस्त वैलेस अपने दिल में सुलगती आग की तपिश चुपचाप झेलता रहा। उसके बाद उसने आगे कहना शुरू किया।

उसके बाद मैंने वह जगह केवल तभी देखी, जब मैं सत्रह साल का हो चुका था। मैं कार से ऑक्सफोर्ड के स्कॉलरशिप के लिए पैडिंगटन की ओर बढ़ रहा था। उस समय मैंने उसकी बस एक झलक देखी। मैं उस समय आराम से सिगरेट पी रहा था और समझ रहा था कि इस समय मुझ जैसा बादशाह और कोई नहीं होगा, अचानक तभी मुझे वह सफेद दीवार और उसमें लगा हरा दरवाजा नजर आया और मेरे भीतर वह जज्बा जाग गया, जो कभी न भुलाए जानेवाला था और मैं उसे हासिल भी कर सकता था। हैरत और भावुकता की स्थिति में मैंने कार के ड्राइवर को रुकने का संकेत दिया और उसके रुकते-रुकते कार काफी आगे बढ़ चुकी थी। इस बीच मेरे भीतर दुविधा आकर बस गई। मैं रुकने या न रुकने के असमंजस में पड़ गया और जब ड्राइवर ने मुझसे पूछा, तो मेरा जवाब था, ''कुछ नहीं। चलो, मेरे पास समय कम

है।'' और मैं वह अवसर छोड़कर आगे बढ़ गया।

मुझे स्कॉलरशिप की स्वीकृति दे दी गई। उसके अगले दिन मुझे जब इस की सूचना मिली, मैं अपने पिता के घर, अपने कमरे में बैठा था। वह बहुत बिरला ही मौका था, जो उन्होंने मेरी तारीफ जी भर कर की थी और मुझे बहुत सी हिदायतें भी दी थीं। उनके कहे हुए शब्द मेरे कानों में गूँज रहे थे। मैं अपना मन-पसंद पाइप पी रहा था और इसके अलावा मेरे मन में अपनी बीती हुई किशोरावस्था के कठिन पल भी दस्तक दे रहे थे, जिनमें उस सफेद दीवार और हरे दरवाजे के पीछे की बगीची की भी गहरी स्मृति थी। लेकिन इस सब के साथ मेरी तर्क शक्ति भी अपना काम कर रही थी। अगर मैं उस बगीची के लिए रुक जाता तो मैं स्कॉलरशिप से चूक जाता, ऑक्सफोर्ड मेरे हाथ से निकल जाता और मैं इतने बढ़िया भविष्य से हाथ धो बैठता। आखिर मैंने खुद को यह कहकर समझा लिया कि अपने सुंदर भविष्य के लिए यह त्याग करना ही ठीक रहा।

मेरे मन में बगीची के उन दोस्तों का और वहाँ के खुशनुमा माहौल का माधुर्य निरंतर बना रहा, लेकिन उसके बीच मेरे आगे की दुनिया आकर बैठ गई। मुझे एक और दरवाजा अपने आकर्षण से बाँधने लगा, वह था मेरी तरक्की भरी जीविका का दरवाजा।

कहते-कहते वैलेस ने एक बार फिर ठहरकर कहीं दूर देखा। उसके चेहरे पर एक अपनी बात से एक गहरी चमक आई और फिर बुझ गई। वह कुछ देर चुप रहा और उसने आगे बोलना शुरू किया।

ठीक है, मैंने अपनी जीविका में सफलता हासिल की। मैंने बहुत काम किया और काम के जरिए नाम कमाया, लेकिन मैं उस बगीची से जुड़े अद्‌भुत आनंद के सपने को हजारों बार अपने मन में जीता रहा। उस दिन बगीची से बाहर आने के बाद मैंने उसके हरे दरवाजे को चार बार देखा··हाँ, चार बार। थोड़े समय के लिए मुझे अपने कामकाज की

दुनिया इतनी लुभावनी और चकाचौंध भरी लगी कि मैं यादों में बसी होने के बावजूद उस बगीची के एहसास से दूर हो गया। यह दुनिया, जहाँ खूबसूरत औरतों और महत्त्वपूर्ण लोगों के साथ मिलना-जुलना खाना-पीना हो, वहाँ तेंदुओं के साथ खेल का क्या मजा रह जाता है। मैं ऑक्सफोर्ड से लंदन आ गया और मेरी शख्सियत बुलंदी पर चढ़ गई, फिर भी मुझे अपने भीतर गहरे खालीपन का एहसास बराबर होता रहा

मैं दो बार प्रेम की गिरफ्त में आया···खैर, मैं उसका जिक्र नहीं करूँगा, लेकिन एक बार मैं किसी ऐसे के पास जा रहा था, जिसने कभी सोचा भी नहीं होगा कि मैं उस तक पहुँचने की हिम्मत कर सकता हूँ। यह मेरा तरक्की के रास्ते पर आगे बढ़ने का एक शॉर्टकट तरीका था। वहाँ पहुँचने के लिए मुझे अनजान रास्ते पर जाना पड़ा, जो एर्लस कोर्ट के पास है। वहीं मुझे वह जानी-पहचानी सफेद दीवार और हरा दरवाजा नजर आया। मैं चौंका, वह जगह तो कैंपडेन हिल के पास है, हाँ वह जगह हो ही नहीं सकती···जरूर यह मेरा वहम है और मैं अपने लक्ष्य की ओर आगे बढ़ता चला गया। उस समय मेरे मन में कोई दुविधा नहीं हुई।

नहीं, एक लहर तो आई थी कि बस कुछ ही कदम बढ़ाकर मैं उस बगीची में झाँक लूँ। उन तेंदुओं को हाथ हिलाकर हैलो कह दूँ, लेकिन नहीं, मेरे सामने मेरा लक्ष्य हावी हो गया, जिससे मेरा गौरव जुड़ा हुआ था, हालाँकि बाद में मैं अपनी समय की पाबंदी की सनक पर पछताया और मेरा मन गहरे पश्चात्ताप से भर गया, लेकिन लक्ष्य तो सामने था ही।

इस तरह बरसों बरस कड़ी मेहनत का दौर चलता रहा। मुझे तरक्की हासिल होती रही और मुझे कभी वह दरवाजा नजर नहीं आया। पर उसकी तमन्ना मेरे भीतर कहीं जिंदा ही थी, शायद और बस अभी कुछ ही दिन पहले उस बगीची की ख्वाहिश मेरे अंदर फिर जाग गई। मुझे यह बात कहीं दर्द की तरह सताने लगी कि अब मैं वह दरवाजा कभी नहीं देख पाऊँगा। इसके साथ ही मुझे अपने काम की दुनिया, उसकी

चमक-धमक फीकी लगने लगी, शायद मैं अपने काम के बोझ से टूटने लगा था, शायद यह मेरी उम्र का चालीस पर होने का असर था। यह क्या था मुझे पता नहीं, लेकिन जो उत्साह मुझे काम की चुनौती की ओर खींचता था, वह बुझने लगा। मेरे काम के दायरे में बहुत से ऐसे राजनैतिक बदलाव हो रहे थे, जिनमें मुझे अपना हुनर और क्षमता दिखाने का बड़ा मौका था, लेकिन मुझे यह सब बहुत बेकार लगने लगा था, जैसे वे सब उपलब्धियाँ बहुत बेमोल हों और ऐसे में मेरे भीतर इस तड़प ने सिर उठाया था कि मैं उस बगीची में पहुँच जाऊँ। और बिल्कुल इसी दौर में मैंने उसे तीन बार देखा।

"क्या वह बगीची?" मैं इस बात पर चौंक गया था।

"नहीं, वह दरवाजा! लेकिन मैं उसमें गया नहीं।"

वैलेस मेज पर मेरे बहुत पास झुक आया। उसके चेहरे पर दर्द की गहरी रेखाएँ थीं और बहुत दु:ख भरी आवाज में उसने आगे कहना शुरू किया,

"फिर तीन बार मुझे मौका मिला तीन बार। अब अगर यह दरवाजा मुझे एक मौका और दे तो कसम से, मैं जरूर अंदर चला जाऊँगा। चाहे कितनी भी गरमी हो, धूल, आँधी, बरसात हो, कितनी भी मुश्किलें हों, मैं जरूर चला जाऊँगा और फिर कभी नहीं लौटूँगा। इसके बावजूद, जब मुझे मौका मिला, मैं नहीं गया।

पहली बार ऐसा तब हुआ, जब किराएदारों की ऋणमुक्ति प्रस्ताव पर सरकार केवल तीन मतों के सहारे गिरने से बच पाई। याद है तुम्हें? न तो हमारी तरफ से और न ही विपक्ष को उम्मीद थी कि सरकार बच पाएगी। सारी बहस नाकाम हो गई थी। मैं और हौच्किस ब्रेंटफोर्ड में उसके चचेरे भाई के घर खाना खा रहे थे और हम दोनों अकेले ही थे। तभी हमें टेलीफोन से तुरंत पहुँचने का आदेश मिला और हम उसके चचेरे भाई की कार से रवाना हो गए। बहुत मुश्किल से हम एकदम ऐन

मौके पर पहुँचे और इसी दौरान हमारी कार उस सफेद दीवार और हरे दरवाजे के सामने से गुजरी बिल्कुल, बिना कोई संदेह, ठीक उसी जगह के सामने से। 'ओह माई गॉड' मेरे मुँह से निकला। 'क्या हुआ?' हौच्किस ने पूछा। 'कुछ नहीं, जल्दी चलो।' मैंने बस उतना जवाब दिया। पहुँचकर कार से उतरते ही मैंने कहा कि मैंने फिर एक बड़ी कुर्बानी दी है।

'कुर्बानी तो सबने दी है दोस्त,' होच्किस का जवाब आया और हम तेजी से भीतर चले गए।

यह मेरी समझ से बिल्कुल बाहर है कि मैं और कर ही क्या सकता था। दूसरी बार, मैं अपने जिद्दी बूढ़े पिता के अंतिम दर्शन पाने के लिए भगा जा रहा था, जब मैं उस हरे रंग के दरवाजे के सामने से गुजरा। उस समय भी मेरे सामने जिंदगी और मौत का सवाल था। तीसरी बार जो हुआ, वह बहुत फर्क तरह का प्रपंच है। मैं उसे सोच-सोच के गहरे पश्चात्ताप से घिर जाता हूँ। अभी हफ्ता भर पहले की बात है। मैं गुरकर और रॉल्फ के साथ था। अब तो खैर यह कोई गुप्त प्रसंग नहीं रहा और मैं तुमसे साझा कर सकता हूँ। मेरी गुरकर से बात हुई थी। हम बढ़िया होटल फ्रोबिशर्स में खाना खा रहे थे और हमारे बीच बहुत अंतरंग संवाद चल रहा था। मंत्रिमंडल में मेरी जगह का सवाल हमेशा चर्चा से बाहर रह जाता था। उस बार गुरकर ने खुलकर कहा था, 'अरे यार, वह एकदम तय हो चुका है, इसलिए उसकी तो बात ही मत करो। अब तो यह तुमसे भी छिपाने का निर्णय नहीं रह गया है।' मैंने उसे बार-बार धन्यवाद कहा था, लेकिन तुमसे मेरी असली बात तो कुछ और है और मैं वह तुम्हें जरूर सुनाऊँगा।

उस समय जब मैं गुरकर और रॉल्फ के साथ चल रहा था, तब मैं बहुत असमंजस में था। मंत्रालय में मेरी जगह का सवाल बहुत नाजुक मोड़ पर था और मैं इस बारे में गुरकर से कुछ साफ-साफ सुन लेना

चाहता था, लेकिन बाधा यह थी कि मैं यह बात रॉल्फ के सामने नहीं कर सकता था। मैं बहुत चतुराई से दूसरी सारी बातें करता चल रहा था और सतर्क था कि बात कहीं से भी घूमकर इस मुद्दे पर न आ पाए। मुझे मालूम था कि रॉल्फ केनसिंग्टन हाई स्ट्रीट पर हमसे अलग हो जाएगा और मैं गुरकर से एकदम बिंदास होकर अपनी बात कह-सुन सकूँगा। कभी-कभी इनसान को ऐसी चालाकी बरतनी ही पड़ती है। मैं इसी मंसूबे के साथ आगे बढ़ रहा था कि फिर मुझे वह सफेद दीवार और उस बगीची का हरा दरवाजा नजर आया।

बातें करते-करते हम आगे बढ़ गए। मैंने उस दरवाजे को पीछे छोड़ दिया। मेरी नजर उस दीवार पर ही टिकी थी और मैं उस पर गुरकर की परछाईं देख रहा था। आगे को झुका हुआ उसका खास हैट, उसकी तीखी नुकीली नाक और गरदन पर लदी हुई चरबी की कई पर्तें, उस पर रॉल्फ की परछाईं भी थी, जो हमसे अलग निकलकर जा रहा था।

मैं उस दरवाजे से बस हाथ भर की दूरी पर था और मेरे मन में खुद से संवाद चल रहा था, 'अगर मैं उनसे अलविदा कहते हुए भीतर चला जाऊँ तो क्या होगा?' इसके साथ ही मेरी बातचीत गुरकर से भी जारी थी। मैं अपने भीतर उठे सवाल का जवाब नहीं दे पाया मैंने खुद को समझाया, वह मुझे पागल समझेंगे, और अगर मैं गायब हो जाऊँ तो?' फिर तो गजब हो जाएगा। किसी महत्त्वपूर्ण राजनायक का गायब हो जाना क्या तहलका नहीं खड़ा करेगा, हजार सवाल उठ खड़े होंगे।''

इतना बोलकर वैलेस ने मेरी ओर देखा। उसका चेहरा किसी विषाद से सराबोर था, लेकिन वह मुसकरा भी रहा था, ''तो इस तरह मैं अब तुम्हारे सामने हूँ।'' उसने कहा।

थोड़ा चुप रहकर उसने ठंडी साँस भरते हुए कहा, ''इस तरह एक और मौका मेरे हाथ से गया, एक ही साल में तीन बार उस दरवाजे ने

मुझे पुकारकर मौका दिया। वह दरवाजा जिसके भीतर अपार शांति है, आनंद है, वह खूबसूरती है, जो सपनों से भी परे है, इतनी मानवता और दयालुता है, जो इस धरती पर कोई सोच भी नहीं सकता, उसे मैंने ठुकरा दिया रेमंड और वह मुझसे छूट गया।

"यह तुम कैसे कह सकते हो?" मैंने वैलेस को कुछ दिलासा देने के लिए कहा।

"मैं जानता हूँ, मुझे पता है। अब मेरे हाथ कुछ नहीं बचा है, सिवाय काम के जिसने मुझे हर उस मौके पर थाम लिया, जब वह जिंदगी के विलक्षण सुख का पल मेरे सामने आया। तुम कहते हो मैं एक कामयाब इनसान हूँ?, यह कष्टकर, बेढंगी और ईर्ष्या-द्वेष से भरी जिंदगी···यही मेरा सच है।"

वैलेस ने सामने से एक अखरोट उठाया और उसे हाथ में लेकर तोड़ दिया "मेरी कामयाबी बस इतने भर ही है दोस्त···"

"मैं तुमसे सच कह रहा हूँ रेमंड···यह नुकसान मुझे पिछले दस महीने से छलनी किए हुए है। इस बीच मैंने किसी बहुत जरूरी काम के अलावा कुछ भी नहीं किया है। मेरी आत्मा गहरे दुःख से भरी हुई है। एकांत अकेली रात में मैं बाहर निकल जाता हूँ और भटकता रहता हूँ सचमुच। पता नहीं, जब उन्हें पता चलेगा तो लोग क्या सोचेंगे, एक कैबिनेट स्तर का मंत्री, कितने ही महत्त्वपूर्ण विभागों का अध्यक्ष, अकेले बिलखता हुआ भटक रहा है और जोर से रो रहा है, वह भी बस एक दरवाजे और एक बगीची के लिए!"

4

मेरे दोस्त लोनिअल वैलेस का बदरंग चेहरा और उसकी जलती हुई धुआँती आँखें अभी भी मेरे सामने रची हुई है। उसका कल का कहा हुआ एक-एक शब्द मेरे कानों में गूँज रहा है। शाम को आया हुआ 'वेस्टमिनिस्टर

गजट' मेरे सोफे पर पड़ा है, जिसमें उसकी मौत की खबर छपी है। आज दोपहर क्लब में लंच के समय सिर्फ उसकी मौत का प्रसंग छाया हुआ था। किसी के पास और कोई बात थी ही नहीं जैसे···

कल सुबह, ईस्ट केंसिंग्टन स्टेशन के पास एक गहरे गड्ढे में पड़ा उसका मृत शरीर पाया गया था। उत्तर की दिशा में रेलवे की विस्तारीकरण की योजना के तहत वह खुदाई हो रही थी। बाहर से किसी अनजान राहगीर के बचाव के लिए वह रास्ता टीन की चादरों से बंद किया हुआ था। उसी चादर में एक जगह काटकर छोटा दरवाजा उन कामगारों के आने-जाने के लिए लगाया गया था, जो भीतर उसी तरफ रहते थे। इत्तेफाक से पिछली रात वह दरवाजा कामगारों की लापरवाही से खुला रह गया और मेरा दोस्त वैलेस उसी दरवाजे के रास्ते भीतर चला गया और···

मेरा दिमाग बहुत सारी पहेलियों और सवालों से भर गया है।

ऐसा लगता है कि वह रात को अपने घर से निकल पड़ा होगा, जैसा कि वह पिछले काफी समय से करता आया है। रात का अँधेरा और खाली पड़ी सड़क। टीन की चादर पर स्टेशन की पीली पड़ती रोशनी ने उस चादर के सफेद होने का भ्रम रचा होगा। क्या दुर्भाग्य से उस खुले रह गए दरवाजे ने वैलेस की स्मृतियों में हलचल मचा दी होगी?

क्या सचमुच कहीं कोई सफेद दीवार और हरा दरवाजा रहा भी होगा?

पता नहीं। मैंने तो यह कहानी जैसी उसने सुनाई, वैसी ज्यों-की-त्यों आपको सुना दी। मेरा मानना है कि वैलेस एक इत्तेकाकिया गलती, भ्रम और अपनी लापरवाही का शिकार हो गया, लेकिन मैं समझता हूँ कि यह पूरा सच नहीं है। कोई चाहे तो मुझे बेवकूफ या अंधविश्वासी आदमी मान सकता है, लेकिन मेरा मन यह कहता है कि वैलेस को एक असाधारण और अनोखी दृष्टि प्राप्त थी, जिसके जरिए वह सफेद दीवार और हरा

दरवाजा देख पाता था और उसे पार करके वह एक अनोखे, अद्‌भुत, सौंदर्यपूर्ण संसार में पहुँच जाता था, वहाँ उसे अलौकिक आनंद मिलता था और मानवीयता से ओत-प्रोत परिवेश, जो हमारे संसार में नहीं है। आप यह कह सकते हैं कि इसी शेखचिल्लीपन ने उसे धोखा दिया, पर क्या उसने सचमुच धोखा खाया? जरा ऐसे स्वप्नजीवियों के रहस्यमयी कल्पना संसार में उतर कर देखो, क्या वैभव है वहाँ ! हम अपने सहज सामान्य संसार में सभी सावधानियाँ और सुरक्षा देखते हैं और वह वैलेस, सुरक्षा और उजाले के भ्रम को पार करके मौत तक पहुँच गया।

यह मेरा सोचना है, लेकिन क्या उसने भी इसी तरह सोचा होगा?

□

प्रार्थना की प्रतिध्वनि

मुख्यत: विज्ञान कथाकार की पहचान लिये एच.जी. वेल्स ने नीति कथाएँ भी लिखी हैं, जो उनकी चेतना के विस्तार का नया और किंचित् अल्पज्ञात आयाम खोलती हैं। 'आंसर टू प्रेयर' शीर्षक से यह कहानी सबसे पहले 10th अप्रैल, 1937 को 'न्यू स्टेटमेंट्स' में प्रकाशित हुई, जब वेल्स की आयु इकहत्तर वर्ष की थी। यह बहुत छोटी सी और यथा आलोचक कथारस से रिक्त कहानी वेल्स के जीवन के दार्शनिक पक्ष को उजागर करती है।

आर्कबिशप अपनी मन:स्थिति को लेकर चिंतित हो गए थे। शायद यह बढ़ती उमर का असर है, उन्होंने सोचा, या पिछले दिनों की बढ़ती हुई थकान इसका कारण है, यह भी संभव है कि उसकी समस्याएँ इतनी जटिल हैं, जिन्हें सँभालने में उसे कठिनाई हो रही है, जो भी हो, यह कुछ ऐसी असफलता के लक्षण हैं, जो उनके सामने पहले कभी नहीं आए। छोटे-बड़े किन्हीं भी मामलों में तुरंत और ठीक निर्णय की उनकी क्षमता, जो बहुतों के लिए ईर्ष्या का विषय थी और मित्र लोग जिसकी तारीफ करते थे, अब उनका साथ नहीं दे रही थी। कहीं की भी सीढ़ियों से ऊपर या नीचे आते-जाते समय उनका मन संशय एयर आशंका से भर उठता था कि पहुँचकर पता नहीं उन्हें क्या देखना पड़ेगा। कहीं किसी के भी दरवाजे की भाँति बजने के पहले वह इस घबराहट में आ

जाते थे कि पता नहीं किसका सामना उनसे होगा, जब उनकी सहायिका उन्हें उनके नाम आया हुआ कोई पत्र देती थी तो उसे खोलते हुए उनका दिल कई अनजान अनिष्ट की संभावनाओं से भर उठता था।

क्या उनसे कोई भारी भूल हो गई है, या उन पर किसी प्रेतात्मा की कुदृष्टि आ गिरी है?

वह लोग जो उनसे हमेशा गरमजोशी से मिलते थे, अब उनसे कटने से लगे थे। इनमें वह लोग भी थे, जिनके बारे में वह कभी ऐसा सोच भी नहीं सकते थे। उनकी सहायिकाएँ उनके सामने ऐसी खुली हुई चिट्ठियाँ रखने लगी थीं, जिनमें उनके लिए भर्त्सना और अभद्र टिप्पणियाँ होती थीं। उनके पास जो सुधार के उत्साहजनक आश्वासन पहुँचते भी थे, वह बेहद कोरे होते थे; क्योंकि उनमें बहुत से तथ्यों को उनसे छुपाकर बात कही जाती थी। क्या अपने इतने लंबे, सफल और ख्यातिपूर्ण कार्यकाल के बाद, अब उन्हें पतन का दौर देखना था?

इस दुनिया में ऐसा कोई नहीं था, जिससे वह अपनी यह समस्या साझा कर सकते थे। वह सदा से ही अपनी मुश्किलें खुद से ही, सोच-समझकर हल करनेवाले व्यक्ति थे। लेकिन अब स्थिति यह थी कि वह किसी दूसरे से ही थोड़ी समझदारी सहानुभूति और हौसला अफजाई चाह रहे थे। पर यह भी तब हो, जब अपनी स्थिति और समस्या उनके सामने खुद बहुत स्पष्ट रूप से साफ हो।

क्या प्रार्थना से कोई रास्ता निकलेगा?

अगर कोई और आर्कबिशप के पास अपनी समस्या लेकर आया होता तो वह सबसे पहले प्रार्थना की ही सलाह देते। अगर कोई महिला ऐसे पहुँची होती तो वह एक वरिष्ठ अभिभावक की तरह उसकी पीठ पर सांत्वना भरा हाथ रखते हुए, गंभीरता भरे स्वर में कहते, ''प्रार्थना करो बेटी, आस्था जुटाकर प्रार्थना करो''

जब डॉक्टर खुद अपना इलाज कर सकता है तो मैं खुद भी। अपने

लिए प्रार्थना क्यों नहीं कर सकता? आर्कबिशप ने मनन किया।

वह किंचित् संकोच के साथ अपने निजी कक्ष में जा खड़े हुए। उन्होंने वैसे ही अभ्यासपूर्वक प्रार्थना की मुद्रा बनाई और सिर को समर्पण भाव से झुका लिया। उन्हें याद आया कि उन्होंने न जाने कब से प्रभु के सामने अपने निजी कारणों से आराधना नहीं की है। यह उन्हें कभी जरूरी नहीं लगा। सचमुच, वह जरूरी था भी नहीं। आर्कबिशप ने हमेशा निष्ठापूर्वक अपना प्रार्थना का नियम निभाया। न केवल सार्वजनिक रूप से, बल्कि अकेले में भी वह प्रभु से प्रार्थना में लीन रहते थे, उन्होंने कभी भी प्रार्थना को महज किसी रस्म की तरह नहीं निभाया, बल्कि हमेशा उसमें अपनी निष्ठा केंद्रित की। उनके मन में प्रार्थना का स्थान मात्र जनकल्याण की भावना से प्रेरित था, इसीलिए उनका प्रार्थना भाव नियमित दैनिक क्रिया के निर्वाह जैसा था। वह भक्तों के दुःख-सुख धैर्य से सुनते थे और उसका विश्वासपूर्वक उत्तर देते थे, इसलिए प्रभु से एकांत में कुछ कहने की उनकी वृत्ति क्षीण भर थी। सुनना और ग्रहण करना ही उनका एक मात्र स्वभाव था और यह सुनना जितना लौकिक था, उतना ही अलौकिक भी। इसलिए उनका गिरजाघर का धर्म निर्बाध निभ रहा था।

लेकिन इस बार की स्थिति कुछ दूसरी थी। आर्कबिशप को इस बार की प्रार्थना में अपने लिए कुछ माँगना था। इसलिए उन्होंने विधि-विधान की बहुत परवाह नहीं की, जैसे यह उनके और प्रभु के बीच अंतरंग संवाद का मामला हो। इसलिए उन्होंने अपने प्रति आश्वासन पाने के लिए उस आवश्यक तांत्रिक शिल्प का भी सहारा नहीं लिया, जैसा कि अब तक वह करते आए थे। उनकी सोच थी कि उन्हें प्रभु के सामने याचक की सी विपन्न मुद्रा में कतई प्रस्तुत नहीं होना है। वह बस निर्भय और दत्तचित्त होकर प्रार्थना के जरिए प्रभु के साथ एकाग्र होंगे। एक तरह से यह जिद्दीपन या कहें शेखीबाज जैसी बात थी, लेकिन

आर्कबिशप ने सोचा कि इससे कुछ खास फर्क नहीं पड़ेगा।

ठीक है, वह ऐसे ही प्रार्थना करेंगे।

वह धीरे से अपने घुटनों के बल बैठ गए और अपने दोनों हाथ जोड़ लिये। उन्हें अपने भीतर एक निश्छल विश्वास का संचार होता महसूस हुआ।

''हे प्रभु···'' उन्होंने उच्चारित किया और ठहर गए।

वह ठहरे और उनके भीतर जैसे किसी अलौकिक चेतना ने प्रवेश किया और उन्हें किसी दैवी शक्ति ने थाम लिया। और तभी उन्होंने एक स्वर सुना।

वह स्वर कठोर नहीं था। वह एकदम स्पष्ट और पुरजोर स्वर था। वह न तो दोस्ताना था न ही अवहेलना से भरा हुआ···बस, वह एक ठोस संवाद लिये हुए था।

''हाँ बोलो, क्या बात है?''

आर्कबिशप मौन रहे थे।

फिर उन्हें प्रभु की प्रतिध्वनि अगली सुबह मिली थी। वह जिसे घुटने के बल बैठे थे, वहाँ से नीचे बिछे कालीन पर लुढ़क गए थे, मतलब, तत्काल मृत्यु ने उन्हें प्राप्त कर लिया था।

यहाँ एक बात बहुत विचित्र हुई थी।

बजाय इसके कि उनके चेहरे पर अंतिम प्रयाण की शांति दिखती, जो कि उनकी अब तक की स्वाभाविक छवि थी, उनकी मुखाकृति पर गहरे भय और निराशा की छाया व्यापी हुई थी।

□

एक निर्णय का विवेक

नीति कथाओं के क्रम में एच.जी. वेल्स की यह कहानी सितंबर 1899 में 'बटरफ्लाई' पत्रिका में प्रकाशित हुई थी और इस कहानी ने अपने कथ्य और शिल्प से 1913 तक कई आलोचकों का ध्यान खींचा। अपनी नीति कथाओं में एच.जी. वेल्स यह जीवन-दर्शन स्थापित करते हैं कि मनुष्य का ईश्वर से भयग्रस्त रहने का संबंध नहीं है, लेकिन यह ईश्वर का अधिकार है कि मनुष्य उससे सम्मान भाव से जुड़े।

1

ब्रू···आ-आ-आ।

मैंने सुना, लेकिन कुछ समझा नहीं।

वा-रा-रा-रा।

'हे भगवान्।' अधूरी चेतना में मेरे मुँह से निकला, 'यह कैसा बेमतलब का शोर है?'

रा-रा-रा-राटा-रा-रा-रा।

जागने की कोशिश में मैं चीख पड़ा, 'हद हो गई···' फिर मैंने जिज्ञासा की, 'मैं कहाँ हूँ?'

ता-रा-रा-रा-रा-रा।

आवाज तेज और ज्यादा तेज होती गई।

'यह शायद कोई नई घटना है।'

तो-रा-रा-रा।

मेरे कान फटने-फटने को आ रहे हैं।

'नहीं' मैंने खुद को सुनाते हुए जोर से बोला, 'यह प्रलय नाद है।'

तो-रा-रा।

2

इस आखिरी बात ने मानो मुझे कब्र के भीतर, गहरी नींद से जगा दिया और मैं ऐसे तड़प उठा जैसे काँटे में फँसी मछली। अपने सपने में मैं अपना कीर्ति-स्तंभ देख रहा था, जो एक समुद्र के किनारे बना हुआ था और वहाँ एक बहुत पुराना खूबसूरत पत्तोंवाला पेड़ उगा था, जो हिमालय के पहाड़ी जंगलों में उगता है। लेकिन इस झटके ने मेरे सपने को यकायक मेरी नजर से ओझल कर दिया। अब मेरे सामने किसी बेपनाह भीड़ का हुजूम था, जिसमें सभी देशों, सभी भाषा-भाषी और सभी सल्तनतों के लोग शामिल थे। उस भीड़ में बच्चे से लेकर बूढ़े तक हर उम्र के लोग देखे जा रहे थे और पूरा मैदान जैसे किसी विशाल प्रेक्षागृह में बदल गया था। आगे, चमकती बिजलीवाले बादलों के सिंहासन पर सर्व शक्तिमान ईश्वर विराजमान थे। उनके साथ उनका सेवकों और देवताओं का पूरा दल उपस्थित था। मेरे सामने ईश्वर के कर्तव्यनिष्ठ देवदूत खड़े थे। मैंने अजरेअल को उसके काले भुजंग चेहरे से और मिशैल को उसकी तलवार से पहचाना। पास में ही वह दूत भी खड़ा था, जो लगातार बिगुल बजा रहा था और उसका बिगुल अभी भी, बज उठने को तैयार, उसके हाथ में था।

3

मेरे पीछे खड़े एक ठिगने से आदमी ने कहा, "अरे, इतनी मुस्तैदी!

तुमने देखा, वह देवदूत अपने हाथ में अपना धर्मखाता लिये खड़ा है, वह आदमी अपनी गरदन इधर-उधर घुमा-उचकाकर भारी भीड़ में देखने की कोशिश कर रहा था।

''अब सब लोग आ गए हैं, सारे लोग और अब हमें फैसला सुनाया जाएगा।'' उसने जैसे अपने आप से कहा।

''वो डार्विन है। छिपने की फिराक में है। लेकिन भगवान् उसे जरूर पकड़ लेंगे और वो देखो। वह लंबा आदमी, शायद कोई खास हस्ती है, सीधे-सीधे ईश्वर से नजरें मिलाने की फिराक में है। अरे वह ड्यूक है। यहाँ पर ऐसे बहुत से लोग हैं, जिन्हें कोई नहीं जानता।

ओह, वह प्रिग्ल्स खड़ा है, एक प्रकाशक। उसके प्रकाशन मुझे हमेशा हैरान करते रहे हैं। वह बहुत चालाक इनसान है। अब हमें उसका कच्चा-चिट्ठा पता चलेगा।

मुझे वह सब सुनने को मिलेगा। मुझे सबका मजा लेने का मौका मिलेगा। मेरा नाम तो 'एस' से शुरू होता है। मेरा नंबर उसके बाद आएगा।''

बोलते-बोलते उसके दाँतों के बीच से हवा निकली और एक अजीब सी आवाज आई।

''अरे ऐतिहासिक युग के भी लोग यहाँ मौजूद हैं! वह देखो हेनरी (आठवाँ) खड़ा है। फिर तो बहुत कुछ देखने-सुनने का मौका मिलेगा। वाह, यह ट्यूडर है।

उस ठिगने आदमी का बोलना जारी था। उसने अपनी आवाज धीमी कर के फुसफुसाते हुए कहा,

''हमारे सामने खड़े उस युवक को देखो, उसके लंबे बालों ने उसका चेहरा तक ढक रखा है। यह तो जैसे प्रागैतिहासिक पाषाणकालीन समय का जीव है। लगता है न, और वह…''

आगे मैंने उसकी बकबक पर ध्यान नहीं दिया, क्योंकि मेरी नजर ईश्वर के तेजमयी चेहरे को देख रही थी।

4

''बस, इतना ही है?'' ईश्वर ने देवदूत से पूछा।

देवदूत के हाथ में उसका खाता था, वह अनगिनत खातों की फाइल का बस एक खंड था। जैसे ब्रिटिश म्यूजियम के पुस्तकालय का सूची-पत्र हो। देवदूत ने सिर उठाकर भीड़ की तरफ ऐसे देखा, मानो नजर डालकर वह हमारी गिनती का फौरी आँकड़ा बना रहा हो।

''बस इतना ही है भगवन्, वह बहुत छोटा सा भू-खंड है, ऐ प्रभु...''

ईश्वर की आँखों ने पूरी भीड़ का जायजा लिया।

''ठीक है, शुरू किया जाए!'' ईश्वर ने आदेश दिया।

5

देवदूत ने अपनी बही खोली और उसमें से एक नाम पढ़ा। उस नाम में कई सारे 'ए' अक्षर थे। देवदूत के पुकारने के बाद इस नाम की प्रतिध्वनि अंतरिक्ष में गूँज उठी। मैं वह नाम साफ-साफ नहीं सुन पाया, क्योंकि मेरे पीछे खड़ा वह ठिगना आदमी ठीक उसी समय जोर से कुछ बोल पड़ा। मुझे वह मनाम कुछ अहाब जैसा सुनाई पड़ा, लेकिन दूत के धर्मग्रंथ में पता नहीं क्या लिखा था।

तत्काल नीचे से उठाकर ईश्वर के चरणों के पास एक नाटे काले आदमी को ला खड़ा किया गया। वह छोटा सा आदमी अकड़ के साथ खड़ा था। उसने पता नहीं किस देश की, लेकिन अमीरी झलकाती वेश-भूषा धारण की हुई थी। उसके सिर पर एक मुकुट बँधा था। उसने अपने हाथ मोड़ रखे थे और उसकी त्योरियाँ कुछ चढ़ी हुई थीं।

ईश्वर ने उसे ऊपर से नीचे तक देखा और फिर कहा, ''बताओ।''

हम सब के सामने उस आदमी का जवाब आना था और उस जगह की बनावट ऐसी थी कि वहाँ साफ सुनने की कोई कठिनाई नहीं थी।

"मैं अपने को दोषी मानता हूँ।" उस आदमी ने कहना शुरू किया।

"बताओ तुमने क्या पाप किए?" ईश्वर ने कहा।

"मैं एक राजा था। एक ताकतवर राजा। मैं बहुत अहंकारी था और विलास में डूबा रहता था। मैं बहुत निर्दयी भी था। मैंने बहुत सी लड़ाइयाँ लड़ीं। बहुत से राज्यों को तबाह किया। मैंने अपनी प्रजा के खून की कीमत पर अपने महल खड़े किए। प्रभुवर, आप इसकी गवाही उन सब से ले सकते हैं, जिन्होंने त्राहि-त्राहि करते हुए आपके पास कृपा की याचना की।"

इस वाक्य के साथ उसने हाथ उठाकर भीड़ की ओर इशारा किया।

"और सबसे जघन्य पाप यह हुआ मेरे प्रभु कि मैंने आपके एक संत के साथ अन्यायपूर्ण दुर्व्यवहार किया।"

'मेरे संत के साथ दुर्व्यवहार!" ईश्वर ने हैरत से पूछा।

"हाँ मेरे भगवान्, वह सिर्फ इसलिए कि वह मेरे सामने सिर झुकाने को तैयार नहीं था। मैंने उसे चार दिन चौबीसों घंटे की यातना दी, जिससे वह मौत की गोद में सो गया। यह मेरे पापों का अंत नहीं था भगवन्! मैंने आपकी संप्रभुता पर भी अनाधिकार कब्जा जमाया।"

"मेरी संप्रभुता पर कब्जा? यह कैसे?" ईश्वर फिर अचंभित थे।

"मैंने अपनी प्रजा पर यह बंदिश लगाई कि कोई भी आप की पूजा नहीं करेगा, बल्कि राज्य भर में केवल मेरी पूजा की जाएगी। ऐसा न होने पर मैंने भयंकर हिंसा का सहारा लिया और प्रजा का खून बहाया। मैं सच कह रहा हूँ मेरे प्रभु…" ईश्वर की भौंहें जरा तन गईं।

"फिर मैं एक लड़ाई में मारा गया और इस तरह अब आपके सागने हाजिर हूँ, ताकि आपकी ओर से घोषित नर्क की सजा भोग सकूँ। आपकी इस महान् और भव्य न्यायशाला में मैंने कुछ भी झूठ कहने का साहस किए बिना, सबकुछ सच-सच कह डाला है।"

बात कहते-कहते उस आदमी का चेहरा भय से सफेद पड़ गया।

उसका बोलना थम गया, हालाँकि दंभ उसके चेहरे पर अभी भी दिख रहा था। मुझे यह देखकर मिल्टन का शैतान याद आ गया।

उस आदमी की बात सुनकर लेखाकार देवदूत ने अपनी उँगली खाते के पन्ने पर रखते हुए सहमति व्यक्त की, "यह सब यहाँ लिखा हुआ है।"

"हैं, क्या सचमुच…?" उस अत्याचारी आदमी ने अपनी हैरत जाहिर की।

अचानक ईश्वर ने झुककर उस इनसान को हाथ से पकड़कर उठाया और अपनी हथेली पर रख लिया, ताकि उसे अच्छी तरह से देख सकें। वह ईश्वर की हथेली पर बस एक छोटे से तिनके की तरह नजर आ रहा था।

"क्या सचमुच इस आदमी ने यह सब किया है?" ईश्वर ने सवाल किया।

लेखाकार देवदूत ने अपना खाता अपने हाथ में फैलाकर ईश्वर के आगे कर दिया और बोला, "एक तरह से देखा जाए, तो हाँ, इसने यह सब किया है।"

तब मैंने देखा कि उस आदमी के चेहरे पर एक अजीब सी लहर आई। वह अपने मन में भय लिये लेखाकार देवदूत के चेहरे की तरफ एकटक देख रहा था। देखते-देखते उसके चेहरे से कुछ देर पहले तक दिखनेवाला वह भाव मिटने लगा था, जिसमें उसकी चुनौती भरी मुद्रा छलक रही थी।

"पढ़कर सुनाओ" ईश्वर की तरफ से आदेश हुआ।

उस लेखाकार देवदूत ने पूरी सावधानी से वह पूरा ब्योरा बखानना शुरू कर दिया, जिसमें उस दुष्ट आदमी की कारस्तानी बयान हो रही थी। यह वृत्तांत कई जगह उस आदमी की बुद्धिमत्ता और उसके साहस का भी जिक्र कर रहे थे। उसे सुनकर मेरे मन ने कहा, इसे तो स्वर्ग में जगह मिलनी चाहिए।

6

उस आदमी का अब तक का लेखा–जोखा सुनते हुए सबके चेहरों पर मुसकान थी, मानो उन्हें उस दुष्ट को मिलनेवाले दंड का अंदाज हो गया था। यहाँ तक कि ईश्वर का वह संत भी मुसकरा रहा था, जिसे उस जालिम आदमी ने सता–सता कर मार डाला था। वह निर्दयी आदमी था ही इसी काबिल।

…लेकिन अभी उस आदमी की करतूतों का वर्णन पूरा होना बाकी था। जरा ठहरकर लेखाकार देवदूत ने आगे फिर पढ़ना शुरू किया और सबके चेहरे उत्सुकता से फिर एकाग्र हो गए।

"एक दिन, जब यह आदमी खूब खा–अघा कर अलग ही किसी मनःस्थिति में था, इसने…"

अचानक वह आदमी चिल्ला उठा।

"ओह, वह प्रसंग नहीं! उसकी तो किसी को खबर भी नहीं है, मैं बुरा आदमी ही था, सचमुच मैं दुष्ट इनसान ही था, मैंने बार–बार बुरे काम ही किए और उस में भी बस जरा सा पागलपन था, जरा सा क्या, वह बाकायदा मेरा पागलपन ही था।" देवदूत ने बिना रुके अपना पढ़ना जारी रखा।

"हे ईश्वर!" वह आदमी चिल्लाकर विनती कर रहा था, इन सबको यह मत बताएँ कि मैं पश्चात्ताप भी कर रहा था और अपने किए की माफी भी माँग रहा था।"

ईश्वर की हथेली पर खड़े उस आदमी ने छटपटाना और रोना शुरू कर दिया। अचानक उसे अपने इस हाल पर शर्म भी आने लगी और उसने कोशिश की कि वह ईश्वर की हथेली से कूदकर भाग जाए, लेकिन ईश्वर ने जरा सा अपनी हथेली को घुमाया और उस आदमी का मंसूबा नाकाम कर दिया। फिर उसने कोशिश की कि वह भगवान् के अँगूठे और उँगली के बीच की दरार से निकल भागे, लेकिन झट से

उँगली खिसकी और वह दरार बंद हो गई। इस बीच वह देवदूत उस आदमी का किया धरा पढ़कर ईश्वर को सुनाता रहा। ईश्वर की हथेली पर कुछ देर उस आदमी की उछलकूद जारी रही, फिर यकायक वह घूमा और ईश्वर के चोंगे की बाँहों में जाकर गुम हो गया।

मुझे लगा कि ईश्वर अभी उसे झटककर नीचे गिरा देंगे, लेकिन प्रभु की माया अपरंपार है। वह वहीं बना रहा।

वह लेखाकार देवदूत भी थम गया और उसने संकेत से ईश्वर के अगले आदेश की माँग की।

"अगले व्यक्ति को बुलाया जाए!"

और इसके पहले कि लेखाकार देवदूत किसी का नाम पुकारे, वह बेतरतीब बढ़े बालों और बेढंगे लिबासवाला आदमी ईश्वर की हथेली पर पहुँच गया था।

7

तभी मेरे पीछे खड़े उस छोटे आदमी ने मुझसे पूछा, "क्या नर्क ईश्वर के चोंगे की बाँहों के भीतर है?"

"क्या सचमुच कहीं नर्क है भी?" मेरा प्रतिप्रश्न था।

"तुमने देखा होगा, वह आदमी देवदूत के पैरों में गिरकर बिलख रहा था यह कोई उसके स्वर्ग में जाने का संकेत तो है नहीं!" वह छोटा आदमी जरा जिद पर था।

तभी मेरे पीछे खड़ी एक औरत ने हमें हिदायत दी, "खामोश रहो और उस पुण्यात्मा संत की बात सुनने दो। जो ईश्वर की हथेली पर पहुँच गया है।"

8

ईश्वर की हथेली पर अब वही संत था, जिसे उस दुष्ट राजा ने

सता-सताकर मार डाला था। ईश्वर की हथेली पर पहुँचकर उसने अपनी बात कहनी शुरू की,

"वह आदमी धरती का एक राजा था, जबकि मैं स्वर्ग के राजा का एक संत था।" लगभग चीखते हुए उसने अपना पहला वाक्य बोला। सभी उपस्थित लोगों ने इस बात का समर्थन किया। उसके बाद संत ने फिर बोलना शुरू किया, "हे प्रभु, मुझे आपके स्वर्ग के सारे वैभव की जानकारी है। वहाँ न दुःख-दर्द है, न जी-तोड़ मेहनत की जबरदस्ती है, वह किसी भी तरह की भयानक यातना से मुक्त स्थान है। नर्क की तरह वहाँ कीलों के बिस्तर पर लिटाकर चाबुक नहीं चलाए जाते, खाल नहीं खींची जाती। स्वर्ग में तो प्रभु के ऐश्वर्य का साम्राज्य है।"

ईश्वर मुसकराए।

"...और अंततः जब मैं मृत्यु को प्राप्त हुआ, तब अपने जख्मों से खून बहता मैं चिथड़ों में लिपटा हुआ था। मेरी पवित्र आत्मा कष्टों से घिरी हुई थी।" संत का कहना अभी जारी था।

अचानक गैब्रियाल ठठाकर हँस पड़ा।

"...और अंत समय में इस निर्दयी राजा के फाटक पर पड़ा हुआ था, किसी अजूबे की तरह।"

"किसी परेशानी खड़ी करनेवाली चीज की तरह।" लेखाकार देवदूत ने अपनी तल्ख टिप्पणी की और अपना खाता खोलकर उस संत का किया धरा पढ़ने लगा। वह संत अभी भी लगातार बोले जा रहा था कि उसने क्या-क्या ऐसे काम किए हैं, जिनके कारण वह स्वर्ग का सच्चा अधिकारी है।

इस सब में बस दस सेकंड का समय लगा, और सबने देखा कि वह संत भी बेचैनी से ईश्वर की हथेली पर कूद-फाँद करने लगा। उसके चेहरे पर एक के बाद एक कई दयनीय और हास्यास्पद भाव आ जा रहे थे। तभी प्रभु की हथेली जरा घूमी और वह संत भी लुढ़कता

हुआ ईश्वर के चोंगे की आस्तीन में पहुँच गया, वहीं, जहाँ संत को यातना देनेवाला दुष्ट राजा दुबका हुआ था। ईश्वर की आस्तीन के अंदर की छाया में सबने देखा कि दोनों लोग अगल-बगल ईश्वर के साम्राज्य में दो भाइयों की तरह चुपचाप बैठे हुए थे।

तभी मेरी बारी भी आनेवाली थी।

9

अब ईश्वर को अपना फैसला सुनाना था।

''सुनो…'' ईश्वर ने बोलना शुरू किया और अपनी बाँहें झटककर अपनी आस्तीन में से उन सभी लोगों को उसी पृथ्वी पर टपका दिया, जहाँ से हम सब वहाँ पहुँचे थे। हमारी पृथ्वी, जो अपनी धुरी पर घूमती हुई सूर्य की परिक्रमा करती है।

''अब तुम सब नए सिरे से एक-दूसरे को बेहतर ढंग से समझने की कोशिश करो और इस तरह मुझे भी जानो। तुम्हारी धरती पर ही अब तुम्हारा नया अवसर शुरू होता है।''

इसके साथ ही सारे देवदूत पीछे घूमे और अंतर्ध्यान हो गए। प्रभु का सिंहासन भी वहाँ से लोप हो गया।

मेरे सामने खूबसूरत खेतोंवाली धरती थी, इतनी सुंदर, जितनी मैंने पहले कभी नहीं देखी थी। मेरे साथ वह सारी दिवंगत आत्माएँ अपने-अपने नए शरीर में, नया जीवन जीने को तैयार पहुँची हुई थीं। □

समुद्रतल का संसार

तकनीकी और भविष्यदर्शी विज्ञान कथाओं के लिए एच.जी. वेल्स को विशेष रूप से जाना जाता है। इस दिशा में उनकी अलौकिक प्रतिभा आश्चर्यचकित करती है। यह प्रस्तुत कहानी 'अबिस' शीर्षक से 1st अगस्त, 1896 को 'पियरसंस' पत्रिका में प्रकाशित हुई थी, जिसमें समुद्रतल के गहरे नीचे के संसार और उसके जीव-जंतुओं का वर्णन है। इस संदर्भ में चौंकानेवाला तथ्य यह है विश्व में सबसे पहली बार 1930 में जीव वैज्ञानिक विलियम्स बेबे समुद्रतल से नीचे गए थे और उनका वास्तव में देखा और लिखा उसके बाद ही प्रकाश में आया था। उनका वर्णन वेल्स की भविष्य दृष्टि से बहुत विरल नहीं था।

लेफ्टिनेंट इस्पात के एक बड़े गोले के सामने खड़े थे और उनके हाथ में एक लकड़ी की छड़ी थी। उस गोले को देखते हुए उन्होंने पास खड़े स्टीवेंस से सवाल किया,

"इसके बारे में क्या सोचते हो स्टीवेंस?"

स्टीवेंस ने सहमति जताते हुए कहा, "लग तो ठीक रहा है।"

"मुझे शक है कि यह पिचक जाएगा।" लेफ्टिनेंट ने अपना संशय जाहिर किया।

"मैं समझता हूँ कि इसका आकार सावधानीपूर्वक गणना के बाद ही तय किया गया है।" स्टीवेंस के जवाब में एक तटस्थता थी।

"...लेकिन जरा इस पर पड़नेवाले दबाव का अंदाज लगाओ।"

लेफ्टिनेंट ने अपने संशय का कारण स्पष्ट करना शुरू किया। ''पानी की सतह पर इसे चौदह पाउंड प्रति वर्ग इंच का दबाव मिलेगा और प्रति तीस फीट की गहराई में यह दबाव दोगुना होता जाएगा। मतलब कि एक मील की गहराई में पहुँचकर इस पर पड़नेवाला दबाव डेढ़ तन प्रति वर्ग इंच होगा, जब कि हमें समुद्रतल से पाँच मील नीचे जाना है। सोचो, वहाँ इसे साढ़े सात टन प्रति वर्ग इंच का दबाव झेलना होगा। घबराहट होती है।''

''सुनकर तो बहुत लगता है, लेकिन इस गोले को इस्पात की काफी मोटी चादर से बनाया गया है।'' स्टीवेंस के इस जवाब में भरोसे का स्वर था।

लेफ्टिनेंट ने इसका कोई उत्तर नहीं दिया। उन दोनों की बातचीत के केंद्र में वह इस्पात का बना हुआ विशालकाय गेंदनुमा गोला था। इसका बाहरी व्यास करीब नौ फीट था और यह देखने में किसी भयंकर संहारक तोप के गोले जैसा लगता था। इस गोले को एक बड़े दैत्याकार ढाँचे में बैठाया गया था, जिससे यह एक-एक बड़े समुद्रयान जैसा नजर आने लगा था। समुद्र तट पर रखा हुआ यह ढाँचा लंदन से मकर रेखा के ऊष्णकटिबंधीय क्षेत्र के बीच आने जानेवाले सभी नाविकों का ध्यान आकर्षित कर रहा था। इस गोले की परिधि पर चारों ओर एक के ऊपर एक-दो स्तरों पर वृत्ताकार खिड़कियाँ बनाई गई थीं, जिन पर इस्पात के फ्रेम में बँधे मजबूत काँच फिट किए गए थे। यह फ्रेम अभी फिलहाल पूरी तरह से कसे जाने बाकी थे।

इन दोनों लोगों ने इस यान को भीतर से आज सुबह पहली बार देखा था। उसमें भीतर से हवा भरे तकिए मढ़े हुए थे, जिनमें हवा के नियंत्रण के लिए छोटे-छोटे खूँटेनुमा वाल्व लगे हुए थे। यह व्यवस्था पूरे यान में थी। यहाँ तक कि वह यंत्र भी, जिसे यान के यात्रियों द्वारा साँस लेने में खर्च की गई ऑक्सीजन को नियंत्रित रखना था और वह भीतर की हवा से कॉर्बन डाई-ऑक्साइड सोखता था, एक काँच में ऐसे चैंबर में सुरक्षित था, जिसमें कारीगर उतरकर जा सकता था। यह चैंबर भी ऐसे

ही हवा भरे तकियों से लैस था। यह चैंबर और यान का भीतरी तंत्र इतना सुरक्षित बनाया गया था कि अगर कोई उस काँच की खिड़की पर बंदूक से गोली भी चलाए, तो भी उसके भीतर के लोग उस वार से बच जाएँगे। इस समूचे यान की यात्रा समुद्र तल से नीचे की ओर थी, वह भी एक-दो नहीं, पूरे पाँच मील की गहराई तक।

लेफ्टिनेंट की कल्पनाशक्ति बहुत सूक्ष्म और अपार थी, लेकिन वह इस यान के जंजाल में अकेला फँसा था और खुद को किसी से साझा नहीं कर पा रहा था। भगवान् का धन्यवाद कि स्टीवेंस वहाँ पहुँचा और लेफ्टिनेंट को कोई मिला, जिससे वह अपने संशय और अपनी कल्पना बार-बार कह बाँट सके।

लेफ्टिनेंट ने कहा, "मेरा सोचना है कि इतने भारी दबाव में यह काँच के पल्ले तहस-नहस हो जाएँगे और भारी तूफानी तेजी से पानी यान के भीतर घुसने लगेगा...तुम मेरे शब्दों पर गौर करो स्टीवेंस!"

"अगर काँच के पल्ले टूट गए तो क्या होगा?" स्टीवेंस के सवाल में जिज्ञासा से ज्यादा भय था।

"तब पानी फौलादी तीर की तरह भेदता हुआ, तेज रफ्तार से भीतर पहुँचेगा। क्या तुमने कभी पानी की तेज धार की चोट को महसूस किया है। जनाब, वह बंदूक की गोली की तरह धँसती है। उस हालत में पानी की धार भीतर बैठे आदमी के फेफड़े, गले और कान तक को भेदते हुए आर-पार निकल जाएगी और आदमी के ढेर होने में कुछ भी समय नहीं लगेगा।

"तुम्हारी कल्पना तो गजब की है दोस्त...तुमने तो सामने तसवीर ही खींच कर रख दी।" स्टीवेंस ने लेफ्टिनेंट की सराहना की।

"यह सच्चाई का एक सीधा सपाट बयान है, बस..." लेफ्टिनेंट ने कहा।

"...और वह गोला? इस पर क्या बीतेगी?" स्टीवेंस ने यूँ ही पूछा।

"बस, यह कुछ बुलबुले छोड़ता हुआ अपनी कयामत झेलेगा और

समुद्र की तलहटी में, वहाँ की गर्दो-गुबार से एक होता हुआ बैठ जाएगा। फिर इसके ऊपर समुद्री काई और मिट्‌टी का मालवा ऐसे लिप जाएगा, जैसे ब्रेड की स्लाइस पर मक्खन लग जाता है।''

लेफ्टिनेंट को आपकी कल्पना और भाषा का यह प्रयोग इतना पसंद आया कि उसने उसे दोहरा डाला, ''जैसे ब्रेड की स्लाइस पर मक्खन।''

तभी पीछे से एक वाक्य सुनाई दिया, ''तो यह नजारा देखा जा रहा है!'' एल्सटेड वहाँ आ पहुँचा था। नौसेना की ऊपर से नीचे तक सफेद यूनीफॉर्म में और होंठों के बीच सिगरेट फँसी हुई। उसके सिर पर बड़ा सा हैट था, जिसकी छाया के नीचे उसकी आँखें चमक रही थीं।

''ये ब्रेड और मक्खन की क्या चर्चा चल रही है, लेफ्टिनेंट वेब्रिज, हमेशा की तरह, नेवी के अधिकारियों की कम पगार का रोना?'' काम शुरू होने के बाद एक दिन की भी देर नहीं होनी चाहिए। हमें आज हर हालत में इस यान को समुद्र में उतारने की तैयारी कर लेनी है। आसमान साफ है और तेज हवा नहीं चल रही है। ऐसे में इस भारी भरकम यान को समुद्र में नीचे उतरने में कोई रुकावट नहीं होगी।

''इसका कोई खास फर्क नहीं पड़ेगा।''

''नहीं, मैं केवल दस-बारह सेकंड में सत्तर-अस्सी फीट नीचे पहुँच जाऊँगा। नीचे हवा के बहाव का कोई असर नहीं है, भले ही सतह पर गरजती हुई हवाएँ पानी को बादलों तक उछाल दे रही हैं। नीचे ऐसा कुछ नहीं है।'' बात पूरी करके वह यान की तरफ बढ़ा और दूसरे दो लोगों ने उसका साथ दिया और तीनों लोग समुद्र के गहरे पीले पानी में उतरने लगे।

एल्सटेड के दिमाग में भी कुछ चल रहा था। सोचने का क्रम पूरा कर के उसने कहा, ''शांत।''

वेब्रिज ने अपना सवाल आगे रखा, ''क्या तुम्हें पूरा भरोसा है कि घड़ी का काम सही ढंग से होगा···?''

''वह पैंतीस बार जाँचा जा चुका है और कोई वजह नहीं है, जो वह चूक जाए।'' एल्सटेड ने जवाब दिया।

"लेकिन अगर नहीं हुआ, तो?"

"होगा क्यों नहीं?"

"तब मैं बीस हजार पाउंड लेकर इस अनंत गहराई में दफन हो जाऊँगा।" स्टीवेंस ने कहा।

"फिर तो तुम्हारी मस्ती आ गई यार…" और कहते हुए एल्सटेड ने नीचे, सागर फेन के एक बुलबुले पर थूक दिया।

"मैं समझ नहीं पा रहा हूँ कि इसको लेकर तुम्हें इतना भरोसा कैसे है?" स्टीवेंस ने संशय जाहिर किया।

"पहले तो यह समझो कि मैं इस यान की जिम्मेदारी से जुड़ा हुआ हूँ। मैंने तीन बार बिजली की व्यवस्था की जाँच की और उसे हर बार दुरुस्त पाया। इसका मतलब हुआ कि मैं संतुष्ट हूँ। मैं ऊपर की तरफ क्रेन से लटका होता हूँ और नीचे सीसे के भारी डूबक लटके होते हैं, सबसे ऊपर के भारी सीसे के साथ एक रोलर लगा है, जिस पर मीलों लंबी बहुत मजबूत रस्सी लिपटी हुई है। और उसका जुड़ाव इस यान के सारे डूबकों से है, जो यान को नीचे उतरने में मदद करेंगे। वरना यह गोला डूबेगा नहीं, तैरता रहेगा। इससे अलग वह जंजीर है, जो यान को नीचे उतारने के लिए खोल दी जाएगी। यहाँ हम तार की बुनी हुई रस्सी की बजाय डोरी का इस्तेमाल इसलिए कर रहे हैं, क्योंकि उसे खोलना ज्यादा आसान है, यह तुम खुद भी देखकर समझ जाओगे।

इनमें से ही एक सीसे के गुटके में एक छेद बना है, जिसमें एक लोहे की छड़ पिरोई जाएगी, जो नीचे छह फीट पर लटका होगा। जब नीचे से उस छड़ पर खिंचाव पड़ेगा, वह छड़ घड़ी के लीवर से टकराकर उसे चालू कर देगी, क्योंकि वह सिलेंडर जिस पर डोरी लिपटी है, उसी से जुड़ा है।"

"बिल्कुल ठीक। पूरा यान धीरे-धीरे पानी में उतारा जाएगा और सतह पर पहुँचते ही जंजीर खोल दी जाएगी। यान का गोला पानी की सतह पर तैरेगा, क्योंकि वह हल्का है। लेकिन जब सीसे के डूबक लगी

डोरी खोल दी जाएगी, तब उनके भार से यह गोला नीचे उतरता जाएगा, लेकिन यह सीसे के डूबक डोरी से क्यों जुड़े हैं, सीधे गोले में क्यों नहीं लटकाए जा सकते?''

सबकुछ समझने के बाद स्टीवेंस ने अपना सवाल किया।

''अगर यह डूबक सीसे के टुकड़े डोरी से बँधे न होकर यान से नीचे जुड़े होंगे, तब नीचे पहुँचकर वह टुकड़े ही समुद्र तल से टकराएँगे और गोले पर गहरे समुद्र के पानी के उछल को असंतुलित करेंगे। अन्यथा, यह गोला धीरे से समुद्र के तल को छूकर बैठ जाएगा और पानी का उछाल उसे थोड़ा ऊपर उठा देगा।

इसके आगे घड़ी के यंत्र की भूमिका है। जैसे ही डोरी में बँधे डूबक समुद्र की सतह को छुएँगे, इनमें पिरोई लोहे की छड़ घड़ी के लीवर से टकराकर उसे चालू कर देगी। सिलिंडर के घूमने से डोरी खुलने लगेगी और मैं ऊपर से नीचे समुद्र में तल पर उतर आऊँगा। वहाँ मैं आधे घंटे तक अपनी बिजली की टॉर्च के साथ रहूँगा और वहाँ की दुनिया का निरीक्षण करूँगा। तभी घड़ी का स्प्रिंग छूटकर डोरी को खोल देगा और मैं सोडा वाटर के बुलबुले की तरह उछलकर ऊपर आने लगूँगा। इस गति में दिरी भी मेरी मदद करेगी।

''अगर तुम गलती से भी आते हुए इस यान से टकरा गए तो?'' वेब्रिज ने आशंका जाहिर की।

''मैं बहुत तेज गति से सीधे ऊपर की तरफ ही आऊँगा, इसलिए तुम्हें इस बारे में चिंता करने की जरूरत नहीं है।''

''और मान लो, कोई समुद्री कीचड़ मिट्टी या फुर्तीला समुद्री जीव घड़ी के घुमाव में फँस गया तो?''

''उस हालत में मैं अपने आप रुक जाऊँगा।'' एल्सटेड ने जवाब दिया और समुद्र की तरफ पीठ फेरकर उस गोले को ताकने लगा।

सुबह ग्यारह बजे तक एल्सटेड ऊपर, अपनी जगह पहुँच गया। दिन बहुत शांत और उजला था और दूर तक क्षितिज धुँधलाया सा देखा

जा सकता था। ऊपर के हिस्से में बिजली की सांकेतिक रोशनी तीन बार चमकी। उसके बाद ही पूरा यान नीचे आने लगा और भीतर नाविक इस बात के लिए तैयार हो गए कि जैसे ही वह यान समुद्र की सतह को छुए, तो उस डोरी को खोल दिया जाए, जो डूबकों को साधे हुए हैं और जिनके कारण यह गोलाकार यान समुद्र के पानी को भेदता हुआ नीचे उतरता जाएगा। वह गोला जो पहले बहुत विशालकाय दिखता था, नीचे उतरते-उतरते छोटा होता हुआ नजर आने लगा। उसकी दो खिड़कियाँ गोले के ऊपर उभरी हुई दो आँखें जैसी लग रही थीं। एल्सटेड इस दृश्य को देखकर बहुत आह्लादित था और इस तरंग में उसने एक गीत गुनगुनाना शुरू कर दिया था।

डोरी तन गई और खुल भी गई। गोला समुद्र की सतह को छूने को तैयार हो गया, यह एक बेहद उत्तेजना का पल था, किसी ने रूमाल हिलाकर अपना उत्साह प्रकट किया तो कोई अतिरेक में चिल्लाया। फिर छपाक से यान ने सागर तल पर अपनी पहुँच दर्ज की।

समुद्र की सतह पर यान कुछ पल ठहरा सा लगा और फिर ज्यों-ज्यों वह नीचे डूबता गया छोटा लगता गया और अंततः पानी ने उसे पूरी तरह अपने भीतर ले लिया। पानी के भीतर जरा देर के लिए उसका आकार बड़ा नजर आया और फिर धूमिल होता गया। समुद्र में उतर जाने के बाद तीन तक गिनते-गिनते वह पूरी तरह अदृश्य हो गया। जरा सी देर तक यान की जलती-बुझती सफेद लाइट की चमक देखी जाती रही, फिर वह भी गायब हो गई। उसके बाद दृश्य में सिवाय अँधेरी गहराई के कुछ भी बाकी नहीं रह गया, अथाह जल था, जिसमें एक शार्क मछली तैर रही थी।

फिर अचानक यान के एक पेंच घूमने लगा। पानी में हलचल मची, शार्क हड़बड़ाकर गायब हो गई। पानी की शांत गहराई को झाग के ढक लिया। यान के गहरे उतरने के बाद उसका ऊपरी हिस्सा, जहाँ एल्सटेड था, वह भी पानी के भीतर लीन हो गया।

यह हलचल कैसी हुई? किसी ने दूसरे की जिज्ञासा की।

बस, कुछ ही गहरे और उतरकर यान समुद्र की तलहटी में लग जाएगा। तब शायद उसकी धमक से हमें भी झटका लगे।

वेब्रिज की अपनी जिज्ञासा थी, ''नीचे तो तापमान बहुत कम होगा। बताते हैं कि एक निश्चित गहराई के बाद नीचे समुद्र के पानी का तापमान करीब-करीब शून्य डिग्री सेल्सियस होता है।''

''वह लोग ऊपर आकर कहाँ पहुँचेंगे? हम लोग शायद अपनी जगह से हट गए हैं।''

''वहाँ है वह जगह,'' कमांडर ने अपने चौकन्नेपन का प्रमाण देते हुए जरा गर्वपूर्वक बताया और उत्तर-पूर्व दिशा की ओर उँगली उठाकर संकेत दिया। ''और अब तो उनके वापस लौटने का समय भी पास आ गया है। नीचे पहुँचे करीब पैंतीस मिनट होने को आए हैं।''

''यान को नीचे पहुँचने में कितना समय लगा होगा?'' स्टीवेंस ने पूछा।

''पाँच मील की गहराई है। नीचे उतरते समय प्रति सेकंड यान की गति तेज होती जाती है। इस तरह समझ लो कि करीब तीन-चार मिनट...''

''तब तो उनको अब तक आ जाना चाहिए था!'' वेब्रिज ने शंका जताई।

''हाँ, लेकिन डोरी के खुलने और लिपटने में भी तो कुछ अतिरिक्त समय लगता है।'' कमांडर ने आशंका को मिटानेवाला उत्तर दिया।

''ओह, यह बात तो मुझे याद ही नहीं रही।'' वेब्रिज ने खुद को सुधारा।

उसके बाद वहाँ अनिश्कर बीतने लगा और गोलाकार यान समुद्र की सतह पर नजर नहीं आया। एक और मिनट बीता, लेकिन पानी की सतह वैसे ही तरंगित होती रही। इंतजार कर रहे चेहरों पर तनाव की रेखाएँ नजर आने लगीं।

''ऊपर आ जाओ एल्सटेड।'' अपनी छाती पर घने बालोंवाला एक नाविक जोर से चिल्लाया और कई और नाविकों ने इस कोरस में उसका

साथ दिया, मानो वह सब किसी थिएटर के परदा उठने की जल्दबाजी मचा रहे हों।

कमांडर ने उन सब को खीझ से भर कर देखा।

"हो सकता है अगर ऊपर आने की गति गणना से कम हुई तो उनको ज्यादा समय लग ही सकता है। हमें उनकी असली गति के बारे में कुछ भी जानकारी नहीं है और मैं ऐसे की गई गणना पर बहुत भरोसा नहीं करता।" कमांडर ने समझाया।

स्टीवेंस ने कमांडर की बात पर सहमति जाहिर की। उसके बाद काफी देर तक सभी लोग मौन साधे बैठे रहे। तभी स्टीवेंस की घड़ी ने समय का संकेत दिया।

उसके बाद इक्कीस मिनट बीत गए। सूरज आसमान में ठीक बीचोबीच चमकने लगा। सारे लोग अभी भी उस गोले के लौटने के इंतजार में बेचैन हो रहे थे और कोई भी यह कहने की हिम्मत नहीं जुटा पा रहा था कि अब वह उम्मीद हार चुके हैं। उनमें सबसे पहले वेब्रिज ने इस अपशकुन भरी आशंका का संकेत दिया। उसने अचानक मौन तोड़कर स्टीवेंस से कहा, "मुझे तो शुरू से ही यान की खिड़कियों की मजबूती पर विश्वास नहीं था"

"हे भगवान्" स्टीवेंस लगभग चीख पड़ा। "तुम्हें भरोसा नहीं?"

"चलो, देखते हैं।" वेब्रिज ने कहा और सबको अपनी-अपनी अटकल लगाने के लिए छोड़ दिया।

"मुझे तो उनके गुणा-भाग, उनके हिसाब पर कतई भरोसा नहीं है। इसलिए मेरी उम्मीद टूट भी नहीं रही है।"

आधी रात का समय हो गया। उस जगह पर, जहाँ से वह गोलाकार यान समुद्रतल में अपनी बत्तियों को जलाते-बुझाते उतरा था, वहाँ अब सुरक्षा अधिकारियों की बंदूकधारी किश्ती गश्त लगा रही थी।

"अगर यान की खिड़कियाँ किसी हादसे की जिम्मेदार नहीं हैं···" वेब्रिज ने दूसरी अटकल लगानी शुरू की, "तब तो जरूर उनकी नियंत्रण

करनेवाली घड़ी ने काम करना बंद कर दिया होगा, जिसके घूमे बगैर उनका ऊपर उठना नहीं हो सकता। उस हालत में वह सब उस गोले के भीतर, यहाँ से पाँच मील नीचे जिंदा तो होंगे, लेकिन बेहद सर्दी में ठिठुर रहे होंगे और वहाँ एक दम घुप्प अँधेरा भी होगा। भूख-प्यास से उनका हाल बुरा होगा। ऐसे में वह पता नहीं कितनी देर जिंदा रह पाएँगे? उनका वह ऑक्सीजन भंडार भी तो खत्म हो रहा होगा? उनकी जीवन लीला यह संकट कब तक झेल पाएगी?''

वेब्रिज का आत्मालाप जारी था,

''हे भगवान्,'' वह लगभग चीख पड़ा। ''हम इस धरती के कितने क्षुद्र प्राणी हैं और कितने दुस्साहसी। नीचे, समुद्र की तलहटी में, मीलों दूर-दूर तक केवल पानी-ही-पानी है और हमारे सामने है अतुल समुद्र और उन्मुक्त आकाश'' बात पूरी करके उसने अपनी बाँहें हवा में फैला दीं। तभी एक उजली शार्क समुद्र के भीतर से सतह पर कौंधी और बहुत ही धीमी गति से आगे बढ़ते हुए, फिर समुद्र की गहराई में ऐसे लीन हो गई, जैसे कोई तारा आसमान से टूटकर सागर में गिरा हो।

इस दृश्य को देखकर वेब्रिज ठिठक गया। उसकी बाँहें फैलीं और मुँह खुला-का-खुला रह गया। फिर उसने अपना मुँह बंद किया और तत्काल ही फिर खोल दिया उसने बेहद उतावलेपन से अपनी बाँहें हवा में लहराईं। वह घूमा और चिल्लाया, ''ओह एल्सटेड, चीयर्स'' उसके साथ ही वह लिंडले और सर्च लाइट की ओर तेजी से झपटा। ''मैंने उसे देखा है'' उसने उतावलेपन से कहा, उसका यान वहाँ है, उसकी लाइट चमकी थी और वह पानी की सतह पर नजर आया था। हमें जरूर ही उधर नजर रखनी चाहिए, वह किसी भी तरफ पानी की सतह पर आ सकता है।''

लेकिन उन्होंने अपनी खोजी नौका को भोर की किरण फूटने तक नहीं हिलाया। भोर होते ही उन्हें यान पकड़ में आ गया। क्रेन की जंजीरें नीचे झुला दी गईं और हुक के जरिए वह गोलाकार यान बाहर ले आया गया।

समुद्र के किनारे उस गोलाकार यान की उस खिड़की को खोलने का उपक्रम शुरू किया गया, जहाँ से यात्री भीतर जाते हैं। भीतर घुप्प अँधेरा था, क्योंकि बिजली की वह व्यवस्था, जो यान के बाहर समुद्र में और भीतर रोशनी करती थी, वह बंद हो चुकी थी।

भीतर की हवा बहुत गरम थी। उसके दरवाजों को सील करनेवाली इंडियन रबर तपकर नरम हो गई थी। खोजी दल के पास बहुत से सवाल थे, लेकिन यान के भीतर न तो कोई हलचल थी, न कोई सहायक संकेत। एल्सटेड भीतर शायद बेहोश पड़ा हुआ था। उसका शरीर गोलाकार यान के वक्राकार फर्श पर गिरा हुआ था। दल के डॉक्टर ने किस तरह उसे वहाँ से उठाया यह तनाव बराबर देखा जा रहा था कि क्या पता एल्सटेड जिंदा भी है या नहीं···यान के भीतर जलाए गए लैंप की रोशनी में उसका चेहरा पीला नजर आ रहा था और जैसे पसीने से भीगा हुआ था। सारे लोग मिलकर एल्सटेड को उठाकर उसके केबिन तक ले आए।

एल्सटेड जिंदा ही थे, लेकिन थे पूरी तरह अचेत और घायल। उन्हें कुछ दिनों तक बिस्तर पर पूरी तरह से आराम करने की जरूरत थी। उसके एक हफ्ते बाद ही वह अपना अनुभव बताने की हालत में आ पाए थे।

चेतन होने के बाद उन्होंने जो पहली बात कही, वह थी कि वह एक बार फिर समुद्र तल में नीचे जाएँगे। उन्होंने आदेश दिया कि यान को फिर से तैयार किया जाए, ताकि वह जल्दी ही नीचे उतारे जाने के लिए फिट रहे। एल्सटेड ने आह्लादित होते हुए कहा कि उन्हें अपने जीवन का सबसे ज्यादा विस्मयकारी आनंदमयी अनुभव गहरे समुद्र की तलहटी की इस खोज में मिला है।

"तुम लोग समझते थे न कि मुझे वहाँ सिवाय समुद्री कीचड़ और कंकड़-पत्थर के कुछ भी नहीं मिलेगा? तुम सब लोग मेरे इस अभियान को सुनकर हँसी-ठट्ठा करने लगे थे, लेकिन वहाँ जाकर तो मैंने एक नई दुनिया की ही खोज कर डाली है।" एल्सटेड कहते समय बहुत ही उत्तेजित और आनंदित हो रहे थे। उनके शुरुआती ब्योरे बहुत ही उलटे-सीधे क्रम

में और टुकड़ों-टुकड़ों में बताए गए, इसलिए उन्हें बताना मुमकिन नहीं है, लेकिन बाद में व्यवस्थित होकर, जो कुछ एल्सटेड ने बताया, वह सचमुच अनोखा था और आगे बताया जा रहा है।

"अभियान की शुरुआत तो बहुत नीरस और बेमतलब सी लगनेवाली हुई। जब तक पूरी डोरी खुल नहीं गई, पहिया घूमता रहा और मुझे ऐसा लगता रहा जैसे में एक फुटबॉल में बंद मेढक के जैसा हो गया हूँ।" एल्सटेड ने अपना ब्योरा इस तरह शुरू किया। उन्हें अपने ऊपर क्रेन का नजारा भ्रम दिख रहा था या सिर के ऊपर आसमान। घूमते हुए कभी-कभी अचानक नीचे की नौका और लोग भी दिख जाते थे। उनके लिए यह अंदाज लगाना बहुत नामुमकिन था कि चकरघिन्नी खाते हुए वह किस ओर घूम जानेवाले हैं। कभी ऐसा लगेगा कि उनके पैर ऊपर की ओर उछाल महसूस कर रहे हैं, तो अगले ही पल ऐसा लगेगा कि वह अपने पैर नीचे टिकाकर खड़े हो सकते हैं। कोई भी एक मुद्रा उनके लिए आरामदायक साबित नहीं हो रही थी।

अचानक हवा में झूलने का दौर जैसे थम गया। गोलाकार यान सीधा हो गया। इस स्थिति में आकर जा उन्होंने खुद को सीधा खड़ा किया तो पाया कि उनके चारों ओर केवल नीला हरा पानी-ही-पानी है और उसमें ऊपर से चमकनेवाली यान की जलती बत्ती अपना प्रकाश उस पानी में फेंक रही है। यान नीचे उतरता जा रहा था और पानी में तैरती बहुत सी चीजें दिखकर पीछे छूटती जा रही थीं। देखते-देखते समुद्र के भीतर गहरा अँधेरा छा गया, वैसा भी जैसे काली रात में अँधेरा आसमान दिखता है। हालाँकि समुद्र के पानी का रंग हरा था, लेकिन अँधेरे ने उसे लील लिया था। अचानक समुद्र में अपना हल्का प्रकाश छोड़ती हुई कोई पारदर्शी सी वस्तु दिखती थी और विलुप्त होती हुई हरी रश्मियाँ छोड़ते हुए गायब हो जाती थी।

"और नीचे की तरह गिरते जाने की अनुभूति तो अद्‌भुत थी, ठीक वैसे ही, जैसे किसी लिफ्ट से नीचे उतरना शुरू करते समय होती है और होती ही चली जाती है" एल्सटेड ने भाव पूर्ण ढंग से बताया। "उस

अनुभूति की केवल बस, कल्पना ही की जा सकती है।'' अनुभव का यह थोड़ा सा हिस्सा ऐसा था, जब एल्सटेड को अपने अभियान के प्रति निराशा और पछतावा हो रहा था। उसे इस अभियान में अब तक जो सामने आ रहा था, वह उसकी उम्मीद और कल्पना से बिल्कुल अलग और बेकार था। उसने सोचा था कि उसे नीचे समुद्र में बड़ी समुद्रफेनी मछलियाँ मिलेंगी, जैसा कि कहा जाता था कि ऐसी मछलियाँ अधबीच समुद्र में पाई जाती हैं। लेकिन उसे जो मिला वह था, ह्वेल द्वारा अधखाई हुई मछलियों के सड़े-गले शरीर या मरी हुई मछलियों की लाशें। एल्सटेड थोड़ा घबराया हुआ भी था···मान लो, कहीं से कोई विशालकाय समुद्री जीव आकर यान को जकड़ ले, या घड़ी का नियंत्रण, जिस पर इतना भरोसा किया जा रहा है, वह ही काम करना बंद कर दे, क्या सचमुच उनकी जाँच-पड़ताल बहुत बारीकी से की गई है? लेकिन अब इस शंका-आशंका से क्या फायदा, अब लौटा तो जा नहीं सकता। एल्सटेड ने बताया।

करीब पचास सेकंड तक एल्सटेड को समुद्र में केवल अँधेरा नजर आ रहा था। बस, जहाँ तक उसके यान की लाइट जाती थी, वहाँ पानी में यदाकदा कुछ कचरा जैसा दिख जाता था। एक बार एल्सटेड को आभास हुआ कि उसने पानी में एक शार्क को गुजरते देखा, तभी उसे महसूस हुआ कि उसका गोलाकार यान पानी के घर्षण की वजह से गरम होता जा रहा है। शायद यह बात पहले उनके अंदाज से चूक गई थी।

सबसे पहले उसे इस बात का एहसास हुआ कि उसे पसीना आ रहा है फिर उसे एक सनसनाहट जैसी आवाज सुनाई देने लगी, जो धीरे-धीरे बढ़ती गई। फिर उसे अपने पैरों के नीचे बहुत सारे छोटे-छोटे बुलबुले दिखाई देने लगे, वह भाप के बुलबुले थे। उसने खिड़की को छूकर देखा। खिड़की गरम थी। एल्सटेड ने यान के भीतर हल्की लाइट जलाकर घड़ी देखी। उसे समुद्र में उतरते हुए दो मिनट हो चुके थे। अब उसे यह आशंका हुई कि यान के भीतर बहुत गरमी है, जब कि बाहर समुद्र का पानी बेहद ठंडा होगा और ऐसे में खिड़की के शीशे जरूर टूट जाएँगे।

फिर अचानक एल्सटेड को महसूस हुआ कि यान के तल की सतह उसके पैरों पर ऊपर की तरफ दबाव डाल रही है। नीचे से उठनेवाले बुलबुले छूटने की गति धीमी होती जा रही है और सनसनाहट की वह आवाज बंद हो गई है। गोलाकार यान थोड़ा डगमगाया। खिड़की सही सलामत रहीं। यान की किसी भी व्यवस्था में कोई खराबी नहीं आई और एल्सटेड को भरोसा हो गया कि अब उसके अभियान को कोई खतरा नहीं है।

'बस कुछ ही सेकंड के बाद यह गोलाकार यान समुद्र की तलहटी में होगा।' एल्सटेड ने मन-ही-मन यह बात स्टीवेंस और वेब्रिज से कही, जो उससे पाँच मील ऊपर, खुले आकाश तले, वहाँ तैरते बादलों के नीचे, सोच रहे होंगे कि नीचे यान किस हालत में होगा।

एल्सटेड ने खिड़की के बाहर भी देखा। कहीं कोई बुलबुले नहीं थे। सनसनाहट की आवाज भी खत्म हो चुकी थी। बाहर गहरा मखमली अँधेरा था। बस समुद्र के भीतर उस हिस्से में रोशनी थी, जहाँ यान की टॉर्च अपना रंग बिखेर रही थी। समुद्र के हरे पानी में पीली रोशनी। तभी पानी में तैरती आग की आकृतियों जैसी तीन छवियाँ पानी में नजर आईं। एल्सटेड के लिए वह अंदाज लगाना बहुत कठिन था कि वह यान से कितनी दूर हैं और उनका आकार कितना बड़ा या छोटा है।

हर एक आकृति की रूप रेखा वैसे ही चमकीले नीले रंग के प्रकाश से दीप्त थी, जैसा प्रकाश मछुआरों की नौका से छोड़ा जाता है। उन आकृतियों का प्रकाश जैसे धुआँता सा था और इसका आभास उनके चारों तरफ हो रहा था। ये आकृतियाँ जब यान की टॉर्च की रोशनी में आती थीं तो उनकी दीप्ति बुझ जाती थी। कुछ देर बाद एल्सटेड को एहसास हुआ कि वह एक खास तरह की बहुत अजीब, पूँछदार छोटी मछलियाँ हैं। उनके सिर बहुत बड़े थे, आँखें फैली हुई थीं, शरीर एकदम क्षीण था। उनकी आँखें उनके यान की तरफ घूमीं और वह यान के साथ-साथ आने लगीं। एल्सटेड को लगा कि वह नन्ही मछलियाँ यान की रोशनी की ओर आकर्षित होकर आगे आ रही हैं।

उसके बाद उस जैसी कई और मछलियाँ उन तीनों के साथ आकर शामिल हो गईं। उसके बाद वह ज्यों-ज्यों नीचे उतरता गया, उसे लगा कि पानी का रंग पीला होता जा रहा है और पानी में तैरते महीन-महीन कण यान की रोशनी में चमक-चमक जा रहे हैं। एल्सटेड को लगा कि यह कुल प्रभाव समुद्र की तलहटी की मिट्टी और कीचड़ के कारण पैदा हुआ है, जिसे यान में लगे डूबकों ने छितरा दिया है।

जैसे ही यान के डूबकों ने समुद्र की तलहटी को छुआ, नीचे की मिट्टी की गहरी धुंध चारों तरफ फैल गई और यान की टॉर्च से बस कुछ गज की दूरी के आगे कुछ भी सूझना बंद हो गया। उसके बाद इस गर्दो-गुबार को नीचे बैठने में कई मिनट लग गए। उसके बाद एल्सटेड के पास यान की टॉर्च की रोशनी थी और समुद्र में ऐसी मछलियों का झुंड था, जो अपनी निजी प्रकाश दीप्ति फैला रही थीं और इन दोनों की मदद से समुद्र की तलहटी की अनोखी दुनिया को बखूबी देखा जा सकता था।

कुछ दूरी पर SPAUNJ स्पंज के विशालकाय खंड दिख रहे थे, जिनके अल्प पारदर्शी बाहरी हिस्से बहुत भव्य लग रहे थे। समुद्र की गहराई के इस स्तर पर बिखरे हुए झुंडों में कड़े रोएँवाले, चपटे सपाट समुद्री जीव भी दिख रहे थे, जिनके रंग काले बैंगनी थे। उनकी आँखों की आकृति तो बड़ी थी, लेकिन लग रहा था कि उनमें अंधापन है। समझना मुश्किल है कि उनकी आकृति का मिलान किस जीव से किया जाए। कह लो, वह कोई खास अनजान तरह के घोंघे थे, जो अलसाए, खिसकते हुए बढ़ रहे थे और रोशनी में आते ही सारे-के-सारे अपनी एक बेतरतीब सी लहर छोड़ते हुए गायब हो जाते थे।

अचानक, उन छोटी मछलियों का मँडराता हुए झुंड अपनी दिशा बदलकर घूमा और यान के पास आ गया। सामने आकर वह ऐसा लग रहा था, मानो कोई अपनी दीप्ति छोड़ता हुआ हिमखंड तैरता हुआ जा रहा हो, उसी दौरान एल्सटेड ने देखा कि पीछे से कोई बड़ा सा समुद्री जीव उसके गोलाकार यान की तरफ बढ़ रहा है। एल्सटेड को पहले एक

धुँधलाई सी आकृति दिखी, जैसे कि कोई आदमी चलता हुआ आ रहा हो। जब वह जीव यान की टॉर्च से फेंके जा रहे प्रकाश की हद में आया, उस जीव का सामना चकाचौंध से हुआ और उसकी आँखें मुँद गईं। एल्सटेड भारी विस्मय से भर उठा और उस जीव को देखता रह गया।

वह एक अजीब सा रीढ़धारी जानवर था। उसका गहरा बैंगनी थूथन किसी गिरगिट जैसा लग रहा था। लेकिन उसके सिर का वह हिस्सा जहाँ मस्तिष्क होता है, वह इतना बड़ा और ऊँचा था, जितना किसी रेंगनेवाले जीवधारी का देखा नहीं गया था। सामने से देखने पर उसका चेहरा लंबोतरा दिख रहा था और चेहरे से वह किसी विचित्र तरह के इनसान जैसा लग रहा था।

गिरगिट की तरह उसकी भी आँखें अपने कोटर के ऊपर उभरी हुई थीं। किसी रेंगनेवाले जीव की तरह उसका मुँह चौड़ा था और उसके नथुनों के नीचे उसके नुकीले होंठ झूल रहे थे। कानों की जगह दो डैने जैसे ढक्कन लगे थे और वह ऐसे तैर रहा था, मानो किसी मूँगे की चट्टान पर उगा हुआ पेड़ हो। उसके डैने पेड़ की टहनियों जैसे ही दिख रहे थे, वैसे ही जैसे शिशु शार्क मछलियों की देह पर होते हैं।

इसके बावजूद, उस जीव का चेहरा इनसानों जैसा होना उतनी हैरत की बात नहीं थी, जितनी यह कि वह एक दोपाया समुद्री जीव था। उसका विशाल गोलाकार सा शरीर जिन तीन सहारों पर टिका था, वह थे उसके दो मेढक जैसे पैर और एक मोटी, बड़ी सी पूँछ। उसके सामने के दो पैरों की तुलना मेढक के पैरों से भी जा मिलती है और इनसान के हाथ से भी, जो लंबी और मजबूत हड्डी के सहारे उसका भारी वजन उठाए रहते हैं। वह एक बहुरंगा समुद्री जंतु था। उसका सिर और पैर बैंगनी जैसे थे, लेकिन उसकी, उसके आकार पर झूलती हुई ढीली-ढाली खाल चमकीली स्लेटी रंग की थी। उसकी खाल का ढीलापन वैसा ही था, जैसे कोई बड़े आकार का चोंगा अपने शरीर पर लटका ले, और वह अजीब सा जीव यान की टॉर्च की रोशनी में चुँधियाया हुआ ठहर गया था।

उसके कुछ ही देर बाद समुद्रतल के उस अज्ञात जीव ने अपने अगले एक पैर से अपनी आँखों पर छाया की और आँखें खोल दीं। इतना ही नहीं, उसने अपना बड़ा सा मुँह खोला और जोर से एक दहाड़ती हुई आवाज निकाली। वह आवाज इतनी जबरदस्त थी कि वह गोलाकार यान के भारी-भरकम कवच को भेदती हुई भीतर तक सुनाई दी। बिना फेफड़ों के इतना भीषण गरजन कैसे हो सकता है भला···? एल्सटेड एकदम भौंचक सा, ठिठका रह गया। फिर वह जीव किनारे की ओर खिसककर यान कि अँधियारी छाया में खो गया। एल्सटेड ने न सिर्फ उस विचित्र जीव को देखा था, बल्कि उसे आवाज के जरिए महसूस भी किया था। एल्सटेड को लगा कि जरूर वह जीव टॉर्च की रोशनी से आकर्षित होकर उधर आया होगा। यह सोचकर एल्सटेड ने वह टॉर्च बंद कर दी। कुछ ही पलों में एल्सटेड को यान के ऊपर किसी हल्की थपकी का आभास हुआ और उतने से ही यान लहराकर अपनी जगह से खिसक गया।

उसके बाद वह गर्जना फिर हुई और समुद्र के भीतर उसकी प्रतिध्वनि लौटकर सुनाई दी। यान पर फिर थपकी लगी। यान लहराया और तल में उस धुरी से टकराया, जिस पर वह तार की रस्सी लिपटी होती है। एल्सटेड अँधेरे में खड़ा था और समुद्र तल में निरंतर बनी रहनेवाली रात में घुल-मिल गया था और अब उसने क्या देखा? कहीं दूर से, एक धुँधली सी, आकृति तेजी से उसके पास आ रही थी। वह आकृति किसी इनसानी आकार से भी कुछ-कुछ मिलती हुई सी थी और··· और उस से दीप्ति भी फूट रही थी।

हडबड़ाहट में एल्सटेड को कुछ नहीं सूझा कि वह क्या करे···कि अनायास उससे वह स्विच ऑन हो गया, जिससे यान की टॉर्च फिर जल उठी। वह गोलाकार यान चक्कर खाकर घूमा और नीचे की तरफ डुबकी लगा गया। एल्सटेड को एक हैरत भरी चीख सुनाई पड़ी, जिससे वह डगमगा गया। जब वह फिर पैर जमाकर खड़ा हुआ तो उसने देखा कि अपनी रोशनी फेंकती हुई दो जोड़ी आँखें, उसके यान की निचली

खिड़की पर टिकी हुई हैं।

अगले ही पल, मजबूत हाथों की जोरदार थपकियाँ उसके यान को बाहर से पीटने लगीं। उसका इस्पात का बना हुआ यान उन थपेड़ों से झनझनाने लगा। उसकी आवाज भी भयंकर थी। यान की इस थरथराहट से घड़ी के नियंत्रण यंत्र को भी खतरा था। यह सोच कर एल्सटेड का कलेजा मुँह को आ गया। अगर कहीं ऐसा हुआ, फिर तो उसका समुद्र तल से वापस लौटना बहुत मुश्किल हो जाएगा। वह इस सोच में डूबा ही था कि यान बुरी तरह थरथराया और यान के फर्श से उसके पैरों को धसका लगा। क्षणांश में एल्सटेड के विवेक ने काम किया। उसने यान के भिअत्र की रोशनी बंद कर दी और बाहर की तेज प्रकाशवाली टॉर्च जला दी। भीतर के इर्द-गिर्द चकाचौंध फैल गई और नतीजा यह हुआ कि अनजान और भयानक आकृतियोंवाले जीव गायब हो गए। बस, छोटे से झुंड में कुछ मछलियाँ एक-दूसरे का पीछा करते हुए आईं और यान की खिड़की के पास पहुँचकर ठिठक गईं।

अचानक एल्सटेड को शंका हुई कि गहरे समुद्रतल के इन अनजान निवासियों के यान की वह रस्सी तोड़ दी है, जो उससे छूट गई थी। वह गोलाकार यान में तेजी से ऊपर की ओर जाने लगा और तभी रुका, जब वह यान की गद्देदार छत से जा टकराया। करीब आधे मिनट तक वह लगभग कुछ भी सोच पाने की स्थिति में नहीं रह गया था।

फिर एल्सटेड को महसूस हुआ कि यान धीरे-धीरे चकरा रहा है और उसमें थोड़ी डगमगाहट भी है। उसे यह भी महसूस हुआ कि यान को पानी के थपेड़े धकेल भी रहे हैं। अपने शरीर को खिड़की के सहारे सँभालकर एल्सटेड ने अपने पैर जमाए और यान को नीचे की ओर झुकाने की कोशिश की, लेकिन इस कोशिश के बावजूद वह अपनी टॉर्च की पीली रोशनी में अँधेरे को भेदने में कामयाब नहीं हुआ। ऐसे में उसे यही ठीक लगा कि वह टॉर्च बुझा दे और अपनी आँखों को अभ्यस्त करे कि वह समुद्र के उस घटाटोप अंधकार में कुछ देख पाएँ।

उसकी यह कोशिश कामयाब रही। कुछ मिनटों में वह मखमली अँधेरा अल्प पारदर्शी कालिमा में बदलने लगा। और फिर दूर पर उसे हल्की रोशनी का आभास हुआ और उसने देखा कि नीचे कुछ अनजान जीवों की आकृतियाँ तैर रही हैं। उसे अंदाज हुआ कि इन्हीं जीवों ने उसके यान को बँधे हुए रस्सों से अलग कर दिया है और अब वही समुद्र की तलहटी में यान को इधर-उधर ढुलका रहे हैं।

उसी समय एल्सटेड को दूर, कुछ धुँधला सा और समुद्र के बीच लहराता हुआ सा नजर आया। यान से समुद्र के भीतर फेंकी जा रही पीली रोशनी का विस्तार जितना भी था और एल्सटेड यान की खिड़की से जितना भी देख पा रहा था, वह बहुत स्पष्ट नहीं था। उस दृश्य को कुछ बेहतर ढंग से देख पाने के लिए वह इस कोशिश में था कि वह यान को उसकी जगह से अनुकूल दिशा में खिसका पाए। उसने अपनी कोशिश बहुत धीरे-धीरे जारी रखी और मंद रोशनी के बावजूद उसे आकृति कुछ ज्यादा साफ नजर आने लगी।

उस समय करीब पाँच बजे होंगे, जब एल्सटेड समुद्र के भीतर के इस उजले क्षेत्र में पहुँचा था। और तब से अब तक वह समुद्र के भीतर की बिना छतवाली नगरीय संरचना के बारे में बहुत कुछ जान गया था। जीवों के आवास और उनके आने-जाने के रास्ते, जो इस कुरूप और उजाड़ सामुद्रिक नगर व्यवस्था का सच थे। यह सब उसके सामने एक नक्शे की तरह फैले हुए थे। सारे घर बिना छत के थे और दीवारें, जैसा कि एल्सटेड को बाद में समझ में आया, अपनी दीप्ति छोड़ती उन जीवों की हड्डियों की थी, जो उस सागर में अपना जीवन समाप्त कर चुके थे। वह नजारा ऐसा ही था, मानो वहाँ आकाश से गिरकर भरपूर चाँदनी ठहर गई हो।

समुद्र की तलहटी में, कुछ संरचना गुफाओं जैसी थी, जिनमें पेड़ों की शाखाओं जैसी रेशेदार लहराती वानस्पतिक प्रजातियाँ नजर आ रही थीं। लंबे और तन कर सीधे खड़े चमकदार स्पंज ऐसे लग रहे थे, मानो कोई स्तूप हों। लिली के फूलों का आभास देते हुए और अपनी विविध

रंग-बिरंगी किरणें बिखेरते समुद्र के अपने ही उपवन का नजारा वहाँ दिख रहा था, जो मनुष्य की धरती पर बने आधुनिक नगरीय आयोजन से कम खूबसूरत नहीं था। विराट् सामुद्रिक संसार के फैलाव में बीच-बीच में खाली जगह भी थी, जहाँ बहुत कुछ देखने और समझने जैसा था, लेकिन वह गतिशील परिवेश ऐसा था मानो, बीच के खाली रास्ते से उस संसार के नागरिक तेजी से आना-जाना कर रहे हों और उन नागरिकों की अथाह भीड़ में उनकी अलग-अलग पहचान करना असंभव हो।

एल्सटेड का यान धीरे-धीरे और नीचे उतर रहा था और इस तरह उसे समुद्र की गहराई का और अंतरंग परिचय मिलने लगा था। नीचे कुछ धुंध में अधछिपी, बड़ी सी इमारत जैसी कोई चीज एल्सटेड ने देखी, जिसमें कई जगह पर गोलाकार, मोतियों की लड़ी जैसी, कोई संरचना बनी थी। कुछ और गहरे उतरने पर एल्सटेड ने अंदाज लगाया कि वह डूबे हुए जलपोतों के ध्वस्त अवशेष हों।

एल्सटेड का गोलाकार यान समुद्र में धीरे-धीरे और गहराई तक उतरा और उसे वहाँ का परिवेश कहीं ज्यादा रौशन मिला, जहाँ चीजें साफ-साफ देखी जा सकती थीं। यान का भार उसे गहराई में उतारता जा रहा था। उसे कुछ ऐसा अंदाज लगा कि वह जैसे किसी नगर में, बड़ी और भव्य इमारतों के बीच पहुँचनेवाला है, जहाँ से उसे बहुत कुछ अद्‌भुत और अजूबा देखने को मिलेगा। एल्सटेड यह देखकर भौंचक रह गया कि वहाँ छिन्न-भिन्न मस्तूल सहित एक डूबा हुआ जलपोत पड़ा था और बहुत सी तरह-तरह की आकृतियों और अनजान वस्तुओं ने उसके चारों ओर एक गोद सी रच दी थी। एल्डटेड का यान कुछ और नीचे उतरा और उस बहुत सी समुद्री बाधाओं ने एक दीवार बनकर सारा दृश्य उसकी नजरों से ओझल कर दिया।

एल्डटेड ने उन बाधाओं का भी ब्योरा दिया, जिन्होंने मिल-जुलकर उसे बहुत कुछ देखने से वंचित कर दिया था। उनमें समुद्री वनस्पतियों का विविधरूपी जंजाल था, डूबे हुए जहाजों से टूटकर उनके पुरजे थे,

तार के रस्से थे, मरे हुए जीवों और इनसानों की भी हड्डियों के समूह थे। जीवों और इनसानों की खोपड़ियाँ कई जगह थीं, जिनमें उनकी आँखों के कोटर डरावने दिख रहे थे और उन सब तरह-तरह के अवशेषों को छोटी, चाँदी की तरह चमकती मछलियों ने ढक लिया था।

अचानक एल्सटेड के कानों में एक शोर जैसा बजने लगा, मानो कोई शंख बजा रहा हो और उसके साथ कुछ मंत्रपाठ सा चल रहा हो। उसने यान की नीचेवाली खिड़की से बाहर देखा तो उसे ऐसा लगा, जैसे बाहर भूत जैसी दिखनेवाली बड़ी-बड़ी आकृतियाँ सामने हों। वह घबराया, लेकिन उसने खुद को जल्दी ही सँभाल भी लिया। उसे अंदाज हुआ कि वहाँ कोई वेदिका जैसी शिला थी, जो रास्ते में आ गई थी।

नीचे और गहराई में उतरते हुए एल्सटेड का यान समुद्र के भीतर उस तल में था, जहाँ उसे उस संसार के बहुत सारे बाशिंदे बहुतायत में नजर आए। यह देखकर उसे बेहद अचंभा हुआ कि वह सारे जीव मानो उसके चरणों में लोटकर दंडवत् कर रहे हों। ऐसा लग रहा था कि उनके शरीर पर जड़ाऊ चोंगा हो और सिर पर लकदक चमकता मुकुट बँधा हो। उन रेंगनेवाले जीवों के नन्हे मुँह बार-बार ऐसे खुल और बंद हो रहे थे, मानो वह प्रार्थना में लीन किसी मात्र का जाप कर रहे हों।

अपने कौतूहल से भरकर एल्सटेड ने अपने केबिन की भीतरी लाइट जला दी, ताकि वह सामुद्रिक जीव भी उसे देख सकें। लेकिन हुआ कुछ और ही, रोशनी की चकाचौंध ने उन्हें भगा दिया और वह सब रात के साए में छिप गए। उन जीवों की मंत्रोच्चारण जैसी ध्वनि एल्सटेड को सम्मोहित कर रही थी और वह बेहद आतुर था कि वह उनको फिर से देख सके। इस कोशिश में उसने अपने केबिन की लाइट फिर बुझा दी। इससे कुछ देर के लिए उसे खुद कुछ भी सूझना बंद हो गया। फिर धीरे-धीरे जब उसकी आँखें उस अँधेरे में देख पाने लगीं तो उसने पाया कि वह सारे जीव फिर अपनी उसी जानी-पहचानी मुद्रा में उसकी नजर के सामने थे। फिर तो वह उन्हें, उनके कौतुकपूर्ण खेल को, बिना किसी

बाधा के तीन घंटे तक देखता रहा।

एल्सटेड का वह वृत्तांत बहुत ही परिस्थितिजन्य था, जिसमें अनेक जीवों और वनस्पतियों के प्रत्यक्ष साक्ष्य का उत्साह था। वह जीव, जिनके लिए रात जैसा अँधेरा एक अनंतकालीन परिवेश था। उन्होंने कभी भी सूर्य, चंद्रमा या खुले आकाश के तारे नहीं देखे थे। धरती की हरियाली से वह अनजान थे। उन्होंने जाना ही नहीं था कि समुद्र के बाहर की दुनिया में और भी कितने प्रकार के जीव-जंतु हैं। उन्हें न आग का पता है, न प्रकाश का, वह केवल समुद्री जीवों के शरीर से फूटती दीप्ति को जानते हैं।

एल्सटेड की समुद्रतल के अभियान की यह कहानी जितनी रोमांचक है, उतनी ही अजीब। जाने-माने वैज्ञानिकों एडम्स और जेर्किंस की यह टिप्पणी है कि एल्सटेड के इस ब्योरे पर बिल्कुल भी विश्वास नहीं किया जा सकता। उनका तर्क यह था कि कोई इतना भारी भरकम रीढ़धारी समुद्री जीव इतनी गहराई में, जहाँ पानी का दबाव बेहद ज्यादा हो और तापमान बेहद कम, हो ही नहीं सकता। उनका दावा था कि उनकी यह सोच किसी भी संदेह से परे है। आखिर वह दोनों लोग न्यू रेड सैंडस्टोन एज के पशुसंरचना विषय के महान् वैज्ञानिक हैं।

उन वैज्ञानिकों का कहना था कि एल्सटेड के दल को हमारे बारे में पता होना चाहिए था। वैसे भी कोई रहस्यमयी मृत जीव किसी उल्का की तरह कहीं से आकर समुद्र में नहीं आ गिरेगा और अगर ऐसा होगा तो हम खुद या हमारा कोई दल, हमारे यंत्र उपकरण वहाँ रातोरात पहुँच जाएँगे। उनका कहना था कि अकसर, समुद्र में कोई सामान गिरकर डूबता है और नीचे पहुँचते-पहुँचते दबाव और टकराहट से इतना बेशक्ल हो जाता है कि समय बीत जाने के बाद उसका केवल बेतुका और काल्पनिक अंदाज ही लगाया जा सकता है। अगर कोई जिंदा आदमी समुद्र में नीचे गहरे तल तक उतरने की हरकत करता है, तो उसकी समझ का अंदाज उसकी हरकत से कोई भी लगा सकता है। अगर कोई ऐसे फूहड़ और बेवकूफी

के काम का दावा करता है तो वही जाने कि किस आसमान से टपककर कोई चमकदार जीव समुद्र में आ गिरा होगा।

एक बार और कभी एल्सटेड ने अपने दल 'पी–टारमिंगम' के अधिकारियों को अपने समुद्र तल के अभियान के बारह घंटों के अनुभव का ब्योरा पूरे विस्तार से दिया था। एल्सटेड की यह भी इच्छा थी कि वह इस वृत्तांत का लिखित दस्तावेज तैयार करे, लेकिन वह ऐसा कर नहीं सका और इस तरह हमें बस टुकड़ों–टुकड़ों में मिले उस वर्णन से संतोष करना पड़ा, जो एल्सटेड ने कमांडर सिमोन, वेब्रिज, स्टेवेंस, लिंडले तथा और साथियों को दिए।

हम तक संकेत खंड–खंड झलकियों में और धुँधलाए हुए से पहुँचे—विशालकाय भुतही इमारत, मंत्रोच्चारण करती नन्ही मछलियाँ, गहरे रंग के गिरगिट के सिर जैसा जीव और समुद्री प्राणियों की दीप्ति छोड़ती आवरण जैसी त्वचा। एल्सटेड का बार रोशनी बंद करना और जलाना, अनावश्यक, अपनी बुद्धि में यह बैठाना कि वह रस्सी जो गोलाकार यान से जुड़ी थी, वह टूट चुकी है, इस बीच एक–एक मिनट कर के समय भागता जा रहा था, एल्सटेड ने घड़ी देखकर पाया कि उसके पास बस केवल चार घंटे चलने भर ऑक्सीजन बची है और मंत्रोच्चारण की ध्वनि उसकी मौत का संदेश लेकर आ रही है।

एल्सटेड किस तरह उस संकट से मुक्त हुआ यह तो वह भी नहीं जान पाया। लेकिन समझा जा सकता है कि रस्सी का उलझा हुआ सा सिरा, जब उस वेदिता से टकराया, तब खुल गया अचानक गोलाकार यान लुढ़का और ऊपर को उछल गया और इस तरह एल्सटेड समुद्र की दुनिया से विदा लेता हुआ अपने मूल संसार और वायुमंडल की ओर पहुँचने के लिए चल पड़ा। देखते–देखते वह वहाँ के जीवों की नजर से ऐसे ओझल हुआ होगा जैसे एक हाइड्रोजन गैस का गुब्बारा नीचे से छूटकर आकाश की ओर भाग निकलता है। निश्चित रूप से एल्सटेड के लिए यह एक रोमांचक अनुभव रहा होगा।

वह गोलाकार यान नीचे से ऊपर की ओर उसके मुकाबले कहीं ज्यादा तेजी से आया होगा, जैसा वह समुद्र की सतह से नीचे उतरा था। ऊपर आते समय तो वह उन डूबकों से लदा फंदा भी था, जो नीचे ही छोड़ दिए गए थे। ऊपर जाने की रफ्तार के साथ, समुद्र के पानी से घर्षण के कारण यान बेतरह गरम होने लगा था। एल्सटेड ने इस गरमाहट के साथ, फिर यान की खिड़की पर भाप के बुलबुलों को देखा। फिर अचानक एल्सटेड का सिर बुरी तरह चकराया और वह बेहोश हो गया। उसके बाद जब उसे होश आया तो वह अपने केबिन में था और डॉक्टर की आवाज उसके कानों में पड़ी थी।

एल्सटेड ने जो असाधारण ब्योरे 'पी-टारमिंगम' के अधिकारियों को टुकड़ों-टुकड़ों में दिए, उनका सार यह था कि वह इन ब्योरों को किताब की शक्ल में सिलसिलेवार लिखेगा, लेकिन पहले उसका मंसूबा यह है कि वह अपने यान को रियो की मदद से सुधारकर, अपने इसी अभियान पर दुबारा उतरने के लिए तैयार करे।

अब सिर्फ यह सुनाना बाकी रह गया है कि 2 फरवरी, 1896 एल्सटेड दूसरी बार समुद्रतल तक पहुँचने के अभियान पर निकल पड़ा। उसने अपने यान में कई सुधार किए और उसे अधिक भरोसेमंद बनाया। उसके बाद क्या हुआ, वह शायद हम कभी नहीं जान पाएँगे। एल्सटेड उस बार नीचे उतरने के बाद कभी नहीं लौटा। 'पी-टारमिंगम' दल की कई टोलियों ने तेरह दिन तक उसकी खोज में दिन-रात एक कर दिया, लेकिन कोई नतीजा नहीं निकला। सारी टोलियाँ हाथ मलती निराश लौट आईं और उसके बाद एल्सटेड के साथियों को तार द्वारा इस दुखद सूचना से अवगत कराया गया और यह कहानी यहीं थम गई।

इस अनुभव के बाद यह तो असंभव ही लगता है कि आगे भविष्य में कोई और दुस्साहसी व्यक्ति एल्सटेड द्वारा सुनाए गए ब्योरे की पड़ताल करने समुद्र की गहराई में उसके तल तक पहुँचने की सोचेगा।

□□□